消えたトワイライトエクスプレス

西村京太郎

祥伝社文庫

目次

序章　二人の男　5
第一章　謎の脅迫状　15
第二章　トレイン・ジャック　48
第三章　七人の失踪《しっそう》者　83
第四章　消えた元大統領　109
第五章　転職者たち　145
第六章　道路行政の論客　179
第七章　箱根《はこね》の山荘　222
終章　さよなら「トワイライトエクスプレス」　258

トワイライトエクスプレス運行経路

序章　二人の男

1DKの、いかにも質素な部屋だった。

ベッドがあり、テレビがあり、パソコンが置いてある。

しかし、それだけである。ほかには何もない。

住んでいる男の年齢は、おそらく二十八、九歳といったところだろうか？　端整《たんせい》な顔立ちだが、精悍《せいかん》さには欠ける。

やや前屈《まえかが》みで、パソコンに文字を打ち込んでいる。

玄関でインターフォンが鳴った。

男が立ち上がった。身長は百八十センチ近くある。

ドアを開けると、宅配業者だった。大きな段ボール箱を二つ、抱《かか》えている。

待ちに待った、荷物だった。

アルバイトで貯めたほぼ全額を、これに費《つい》やしたのだ。

男は、受け取った段ボール箱を、引きずるように、部屋の中に入れると、まず片方を開けた。

出て来たのは、Nゲージの模型だった。

男は十二畳の洋間に、まず線路を、円形につないでいった。まん丸い円形ではなくて、直線の部分もある。

線路を敷設《ふせつ》し終わると、DD51形ディーゼル機関車二輌を、レールに載《の》せた。

続いて、ダークグリーンの客車九輌をつないで、それもレールに載せる。食堂車もついた、豪華な十一輌の、重連運転の一編成だった。

ブルートレインにも似ていた。ただ、最後部の客車は、三方が総ガラスの、豪華寝台車輌に見えた。

続いて、二つ目の段ボール箱を開けた。こちらには、電気系統の部品や、駅、建造物の模型が入っていた。

男は、配線を確かめながら、部品をつなぎ、壁のコンセントにつないだ。

山の模型も、取り出した。大きな山だった。それを円形のレールの、真ん中に置いた。

最後に、直線と円のつなぎ目に、転轍機《てんてつき》を入れた。

「まああだな」

男はつぶやきながら、十一輛編成の列車を、直線部分まで移動させて、スイッチを入れた。

列車はゆっくりと、直線の部分から円形のレールに入っていく。円の左側を走り、また直線に入っていく。

つぎに転轍機を使って、円の右側のレールに、列車を導《みちび》いていく。

男はそれを繰り返す。単調な作業なのに、なぜか、飽《あ》きる気配がない。何かの予行演習にも見えた。

しばらく繰り返したあと、男は押し入れから、エアガンを取り出した。手にしたエアガンには、プラスチックの弾《たま》が八発、装塡《そうてん》されていた。

男は後じさり、腹這《はらば》いになると、レールを走ってくる列車に狙《ねら》いを定めて、引き金を引いた。

軽い射撃音が響いた。

しかし一発目の弾は、列車に当たらず、列車の上をかすめて、ベランダの方向に、空《むな》しく飛び去ってしまった。

男は、小さく舌打ちをし、エアガンの引き金を引き続けた。

八発全弾を打ち尽くしたが、一発も当たらなかった。

男はふたたび、弾を装塡し直して、引き金を引いた。

列車を走らせ続けながら、飽きもせず、射撃を繰り返す。

十五発目に、やっと九輛目の食堂車の側面に、弾が命中した。

しかし六ミリのプラスチック弾が軽すぎるのか、列車は倒れもせず、そのまま、何ごともなかったように、走り続けている。

男はまた、弾を装塡し直す。

やがて撃《う》ち慣れたのか、弾はつぎつぎに、列車に命中し始めた。

何回目かに、とうとう最後尾の車輛が倒れた。それでも列車は、まだ動いている。

さらに男は撃ち続け、もう一輛が倒れると、やっと列車が停止した。

男は、撃つのをやめた。

いったい、何発撃っただろうか？　十二畳の洋間には、何十発もの弾が、散乱していた。

ふと、むなしさが、こみ上げてきた。

何もかも、失った……。

胸にぽっかりと、穴があいていた。

そのなかに、膝《ひざ》を抱えて、うずくまっている、自分の姿が、見えていた。

やがて、むなしさを追い払うように、男は、机に向かうと、ふたたび、パソコンの電源を入れた。

「JR西日本《にしにほん》へ」

と、打ち込まれたあとに、何行かの文面が続いている。

さらに三十分ほどかけて書き足すと、そばのプリンターから打ち出した。

そして、白い封筒の上部に赤線を引いて、「速達」と記入し、切手を貼《は》る。

差出人の名前は、書かれていない。

その封筒を、さらに大型の封筒に入れる。

あて先は、東京都《とうきょう》区内だった。

男はそれを、上着のポケットに入れると、アパートを出た。

近くの、月極《つきぎ》めの駐車場に向かう。

ボンネットに錆《さび》の浮いた、ワンボックスの軽自動車を運転して、男は駅に向かった。

駅近くの郵便局で、大型封筒を、投函《とうかん》した。

九月十一日、時刻は正午少し前だった。

＊

大型のガラス窓の外に、ナツツバキの幹《みき》が、折り重なって、連なっている。半分ほど、落葉していた。

まだ秋に入ったばかりだったが、高地にあるせいか、落ち葉の季節が、やってきていた。

どこからか、カッコウの鳴き声が、響いてきた。やがて、南の国に、渡っていくのだろう。

六十年配の、銀髪の男が、ベッドに横たわっていた。

感慨《かんがい》深げに、木立を見やっている。

男の心のなかには、春の景色が、浮かんでいた。

木々がいっせいに芽吹き、浅葱《あさぎ》色の若葉が、あたりを覆《おお》う。まぶしいくらいだ。やがて、可憐《かれん》な白い花も咲く……。

そこには、季節の移ろいと、生命の営《いとな》みがあった。

だがもう、それを見ることはない。

男は、そう思った。

三方を林に囲まれ、南に視界が開けている。小高い丘の上に、その山荘は建っていた。

遠くに、数軒の人家が見渡せる。

一年ほど前に、不動産屋をつうじて、借り受けた別荘だった。

別荘ではあったが、男は毎日の生活を、ここで送っていた。

部屋のなかは、生活臭に乏《とぼ》しかった。テレビ、冷蔵庫、エアコン、ソファ、小さなテーブル。それくらいしか目につかない。それと、湯を沸かすポット。

やがて男は、傍《かたわ》らのサイドテーブルから、紙片を取り上げた。

ここ一カ月ほどかけて、最終の検討を重ねた、タイムスケジュール表だ。

一枚、二枚と、うなずきながら、繰《く》っていく。

サイドテーブルの上には、読みかけの新聞も、無造作《むぞうさ》に置かれていた。

開かれたページには、囲み記事が見えた。

何かのコラムだろうか。「新時代のハイウエイ構想」といった、タイトルが読み取れる。

男は、決行日を決めていた。二人の人物が、乗車する日だ。

決行日については、すでに何人かには、伝えてある。

ただ、何を決行するかは、教えていない。各人には、細切《こまぎ》れにした役目を、果たしてもらうだけだ。

計画に手抜かりはないか、もう一度、ゆっくりと資料に目を通す。

その日のために、一年をかけて、準備を進めてきたのだ。失敗は許されない。

失うものはない、と思う。名誉へのこだわりも、生きていくことへの執着も、なかった。

人生も、最終盤に入った。

妻も亡くなった。子どももいない。

大したことはないが、私財の処分も、ほぼ終えた。

計画を決行したあとの結末が、男には見えていた。

無様《ぶざま》な姿を、さらすことになるかもしれない。

それもけっこう。

悪あがきはしない。

残りの人生を懸《か》けて、決行するまでである。

ただ一つ、気にかかることがあった。あの若者のことだ。

巻き込みたくは、なかった。生涯、悔やむことに、ならないだろうか？

だが、一度、打ち明けたら、本人が、ぜひにといって、志願してきた。心の空洞を、埋めるために、やらせてほしい、といった。

何度もたしかめたが、そのたびに、若者は、首を横に振った。

彼の人生だ。彼に任《まか》せるしかない。

私にできることは、してやったつもりだ。遠い将来、彼が幸せを、つかんでくれることを、祈るばかりだ。

男は、携帯電話を取り出すと、相手を呼び出した。

三度、呼び出し音が鳴って、相手が出た。自宅で、待機していたのだろうか？

男が切り出した。

「君の好きなようにやってくれて、かまわない。私のほうの決行日は、九月の十八日だ。その日までに、やりたいことは、やっておいてくれ。ただし、何度もいっているように、私のルールに従ってほしい。それが結局は、君のためにもなると、私は思っている」

そういったのち、今度は、相手が何か話すのに、しばらく耳を傾けていた。

やがて、

「じゃあ、成功を祈る」

ひと言そういって、男は携帯電話を切った。

第一章　謎の脅迫状

1

九月十五日、午前十時過ぎ。

ＪＲ西日本の社長室の隣室で、綿引《わたびき》秘書が、その日、総務部から届いた郵便物の、整理をしていた。秘書の仕事の、一つである。

秘書室で、処理・対応できる用件のものを、仕分ける。他の部署あてのものが、交ざったりしていた場合は、そちらへ回す。

上層部の判断を、あおぐ必要がある案件は、概要をまとめた、メモを添付して、野《の》崎《ざき》秘書室長に、引き渡さねばならなかった。

たまには、ファンレターのような、楽しいものもあったが、じつに多いのだ、苦情を並べるのが、生《い》き甲斐《がい》のような人間が。ずっと以前は、そうでもなかったのだが。

一つひとつ確認していた、綿引の手が止まった。

表書きに「JR西日本株式会社　社長室御中」と書かれた、速達の封書が入っていた。

差出人の記載はない。

またいつもの、苦情好きな市民からの手紙かと、気が滅入《めい》る思いだった。

こじつけの、理不尽な言い分だと、思っても、丁重《ていちょう》に、対応しなければならない。事を大きくするわけには、いかないのだ。

はじめ、文面の内容が、すぐには理解できなかった。

もう一度、ゆっくり読み返した。

そして、急ぎ対処する必要があると、判断して、野崎を探した。しかし、会議に出ていて、在席していない。

独断で、社長室のドアをノックした。

手紙を一読した園田《そのだ》社長が、心底《しんそこ》、うんざりした面持《おもも》ちで、綿引にきいてきた。

「君はどう思う？　本気かね、この人物は？　荒唐《こうとう》無稽《むけい》といえば荒唐無稽。こちらが慌《あわ》てて手を打つのを、どこかで見ていて、笑っているような、愉快犯じゃないのかね？」

そうきかれた綿引も、返答に詰まった。

手紙の文面は、以下のようなものだった。

《ＪＲ西日本へ
この手紙は、おそらく十五日午前中には、ＪＲ西日本本社に届くと思う。十五日の、大阪《おおさか》発十一時五十分の、下り寝台特急『トワイライトエクスプレス』に、爆薬を仕掛ける。

大阪を発車してから、終着駅の札幌《さっぽろ》に着くまでに、約二十二時間ある。その間は、『トワイライトエクスプレス』は、私の手中《しゅちゅう》にある、という意味でもある。

仕掛けた爆薬の、スイッチを私が入れれば、列車はただちに、爆破、炎上し、多くの人命が失われるだろう。

それを回避したいなら、乗客・乗員の身代金《みのしろきん》として、一億円を用意し、金沢《かなざわ》駅到着前までに、「トワイライトエクスプレス」に積み込んでほしい。ただしこれは、お願いではなく、命令だ。

乗客・乗員の命を奪うことや、列車の爆破が、私の目的ではない。

JR西日本が、私の要求どおりに、身代金を支払ってくれれば、爆破することはない。

　金沢駅到着時刻の、十五日午後三時三十七分までに、一億円が用意されていれば、こちらから再度、身代金の受け渡し方法を連絡する。

　身代金の授受が終われば、その場で爆薬の起爆装置を停止し、爆薬を仕掛けた場所も、通知する。

　ただし、ＪＲ側にも、アドバンテージを与えておこう。

　金沢駅に到着するまでに、爆薬の設置場所を、特定できれば、爆破はしない。遠隔装置などを使っての、爆破はしないと約束する。

　ある種の、フェアなゲームと、思ってくれていい。だから、列車を運休するといった、姑息《こそく》な手段は、禁じ手だ。私は何度でも、『トワイライトエクスプレス』に、挑戦することができるのだから。

　ＪＲが勝つか、私が勝つか。

　ただちに、一億円の調達と、爆薬捜索にかかってほしい。

　ゲームは、始まったばかりなのだ。》

「愉快犯の、いたずらだとしても、ともかくなんらかの対処は、せねばならんだろう。ＪＲ東日本《ひがしにほん》と北海道《ほっかいどう》の社長にも、連絡をとって、この手紙のコピーも、送信してくれ。それから、大阪府警にもだ。先方に伝わってから、三社で、協議するしかあるまい」

綿引は、ただちに社長室を出て、隣室から、各社へ連絡をとった。

「トワイライトエクスプレス」は、大阪―札幌間を走る、寝台特急である。ＪＲ西日本、ＪＲ東日本、ＪＲ北海道の三社で、共同運行をしている。そのため、こういったケースでは、三社が連携《れんけい》して、事に当たる、必要があった。

ふたたび、綿引が戻ってくると、

「ところで、いま現在、『トワイライト』は、どうなっている？」

園田がきいた。

綿引は一瞬、いいよどんだ。

腕時計に目をやる。時計は、午前十時三十五分を指していた。

「たぶん、まだ車庫のほうかと、思いますが……」

現場の詳細を、逐一《ちくいち》、把握しているわけではない綿引は、そう答えるしかなかった。

下り（札幌行き）の「トワイライトエクスプレス」は、午前十一時十一分に、10番ホームに、入線することになっていた。

「大阪出発まで、まだ一時間以上、余裕があるな。現場に指示して、不審物がないか、もう一度、点検させてくれ。念のためだ。大阪府警の、手を借りてもいい。すぐに、とりかかってくれ」

さらに、ＪＲ西日本の園田社長は、一億円の調達を命じて、指示を終えた。

鉄道各社では、安全管理については、日ごろから繰り返し、訓練や協議を重ねて、精度の向上を図《はか》っている。しかし、航空会社のハイジャック対策の、厳密さと比《くら》べて、トレイン・ジャック対策には、さほど重点は、置かれていない。

ハイジャックのように、一瞬にして、全乗客・乗員の生命が奪われたり、あるいは、世界中の、どの地点まで誘導されるのか、分からない、といった事態は、トレイン・ジャックの場合は、考えられないからだ。

危機管理という、枠《わく》組みのなかでは、トレイン・ジャック対策は、さほど重大事ではなかった。

十分後、大阪府警から、「トワイライトエクスプレス」の運休について、打診があった。

　しかし、いたずらの可能性が高く、ＪＲ西日本では、運休の対応を否定した。

　ＪＲ側の判断に対して、大阪府警も了承し、同時に、爆発物処理班を、大阪駅に急行させたと、伝えてきた。

　ＪＲ東日本、ＪＲ北海道の各社長との、テレビ電話での、三者協議が行われた。

「いちおう、要求してきた、身代金の一億円は、当社で用意しておきます。加えて『トワイライト』の出庫前に、大阪府警のご協力をいただいて、十分なチェックも、行います。ただ、乗客を装《よそお》って、車内に、爆発物を持ち込む可能性までは、否定できません」

　はじめに、ＪＲ西日本の園田社長が、事件の経緯を、説明し、現時点までに行った、対応への了承を求めた。

列車名	特急 トワイライトエクスプレス SA1 SA2 B B1 B2
列車番号	8001
大　阪発	1150
新大阪〃	1156
京　都〃	1225
敦　賀〃	1348
福　井〃	1440
金　沢〃	1540
高　岡〃	1614
富　山〃	1631
直江津〃	1759
長　岡〃	1858
新　津〃	1939
洞　爺着	718
東室蘭〃	752
登　別〃	811
苫小牧〃	850
南千歳〃	910
札　幌着	952

「手荷物検査は、できませんか？」

　ＪＲ北海道の相沢《あいざわ》社長が、きいた。

「それについては、『安全管理週間』とかの名目で、行う予定です。しかし、空港に設置してある、Ｘ線検査装置のような、高精度の機器は、配備されていませんので、あくまでも、目視《もくし》にとどまりますが」

「乗客が全員、乗車したあとで、各個室の検査をするというのは、やはり難しいでしょうな？」

　ＪＲ東日本の矢木沢《やぎさわ》社長が、発言した。

「手荷物検査に、引っかからなければ、車内での検査でも、見つかる可能性は、低いでしょう。それに、車内検査までしては、乗客のあいだに、不安が広がり、不測の事態が、起こらないとも、かぎりません」

　それが、三者協議の結論でもあった。

2

　午前十一時二十分。

警視庁捜査一課の十津川《とつがわ》警部が、三上《みかみ》刑事部長に呼ばれていた。

三上は、コーヒーカップを、左手に持ったまま、口を開いた。

「これはまだ、公表されていないのだが、JR西日本の本社に、脅迫状が送られてきた。今日の午前十一時五十分に、大阪駅を出発する、寝台特急『トワイライトエクスプレス』に、爆薬を仕掛けた。乗客・乗員の身代金として、一億円用意しろ、という内容だ」

「列車に、爆薬ですか？」

復唱するように、十津川がきいた。

「そうだ。脅迫状は、コピーがファックスで、送られてきている。あとで、みんなにも読ませてくれ。封筒の表書きのコピーも、ついている」

三上は、執務机に置かれていた、ファックス紙を、十津川に手渡した。

「脅迫状には、JR西日本の社長と、秘書以外の指紋は、付いていなかった。封筒からは、複数の指紋が、検出されたが、郵便局関係の人間か、JR職員のものと、判断された。脅迫状の中身に、指紋を付けていない犯人だ。封筒に残すなんてことはないだろう」

十津川は、受け取った、脅迫状の文面を、一読した。

「脅迫状に使用されたプリンターは、特定されたが、全国で大量に、販売されたもので、そこからの追跡は、無理とのことだ」

三上が、そうもつけ加えた。

JR西日本に、脅迫状が届き、問題の列車も、大阪発だとすれば、いまのところ、警視庁と、直接のかかわりはなさそうだと、十津川は判断した。

「向こうも、いたずらの可能性が高い、とはいっているんだが、とりあえず、大阪府警から、爆発物処理班が、急行したらしい。現在までのところ、そういった不審物は、見つかっていない。なので、JRとしては、時刻どおりに、列車を運行させる、とのことだ」

「では、私に、その話をされるのは？」

「脅迫状は、東京中央郵便局で、投函されたものだった。いたずらの可能性が、高いとしても、万が一ということもある。投函した人物の特定は、難しいと思うが、いちおう、だれかを中央郵便局にやって、確かめてきてほしい」

「分かりました。日下《くさか》と西本《にしもと》に、行かせます」

そういって、十津川が、部屋を出ようとすると、

「それから、この件は、公《おおやけ》にはしないでくれ。野次馬《やじうま》根性の、愉快犯が、真似《まね》をし

ないとも、かぎらんからな。差出人の、特定ができるかどうかだけを、調べさせてくれ」

「心得ています」

十津川は、部屋を出た。

刑事部屋には、本多《ほんだ》課長、亀井《かめい》刑事、日下刑事、西本刑事、片山《かたやま》刑事の五人がいた。

北条早苗《ほうじようさなえ》刑事と三田村《みたむら》刑事は、別件で、聞き込みに出かけていた。

戻ってきた十津川を、認めた亀井が、横に立った。

「警部、刑事部長の話って、なんだったんですか？」

長年の相棒だ。何か、事件の捜査を命じられたのだと、思ったのかもしれない。

「いや、難しい話じゃない。みんな、ちょっと聞いてくれ」

十津川は、三上刑事部長の、話を伝え、脅迫状のコピーを、回覧させた。

「警部、これはいたずらですよ」

読み終えた亀井が、笑顔でいう。

「たぶん、そうだろう。でも、カメさん、百パーセントいたずらだとは、いいきれないよ」

「いえ、百パーセントとはいいませんが。だって……」

「だって、なんだい？」

「この脅迫状は、郵便で届いたんでしょう？　ということは、ＪＲ西日本本社に届く、正確な時刻は、分かりませんよ。いくら、東京中央郵便局で、直接投函された、速達だといっても、相手に届く時刻に、三十分や一時間の、ズレはあります。早く着きすぎれば、それだけ多く、爆薬の捜索時間を、与えることになります。それにもし、ほかの郵便物に、紛《まぎ》れてしまったとしたら、身代金の用意が、間に合わなくなってしまいます。つまり、犯人にとっては、脅迫状の届く時刻なんて、どうでもよかったんです。ですから、いたずらに、間違いありませんよ」

「なるほど。カメさんの、いうとおりかもしれないね」

「でも、脅迫状の差出人は、東京に住んでいる人間だと、思われますから、こんなことを繰り返しやられたら、われわれも、安穏《あんのん》としてられませんね」

「まさか、関西からわざわざ、東京までやって来て、手紙を投函したとは思えない。東京駅から、さほど遠くないところに、住んでいるか、勤め先が、あるのかもしれない」

「通り魔の、無差別殺人があったり、ストーカー殺人があったり、そして今回は、愉快犯のようでもあったり。まったく世も末なんですかね」

「カメさんの、ボヤキか。それも無理ないけどね」

そういいながら、

「それはともかく、日下刑事と西本刑事で、中央郵便局へ、行ってきてほしい」

十津川が、指示を出した。

二人の刑事は、すぐに出かけて行った。

自席に戻った十津川が、もう一度、亀井に声をかけた。

「私の、思い過ごしかも、しれないが、この脅迫状の、文章からは、差出人の強い意思が、伝わってくるんだ。これまでの、いろいろな愉快犯と比べて、こんないい方は、好きじゃないけど、ある程度の教養のある、人物だと思う。私の個人的な、感想だけど」

「ということは、もしかして、と考えておられるのですか？」

「いや、そこまでは、いわない。けれど、これまでに出会った、愉快犯とは、違うタイプの人間じゃないかと、思ったんだ」

「警部の、例の、鋭い勘《かん》ですか？」

「鋭いなんて、そんな、ご立派なものじゃないよ。いやだね、カメさん」

「いえいえ、お世辞でいっているんじゃ、ありませんよ。警部の勘は、さまざまな犯罪の、データを、踏まえたものですよ。そこいらの、プロファイラーなど、足下にも及びません」

「そんなに持ち上げてくれても、何も出ないよ」

十津川は、苦笑した。

「ほかに、何か、疑問や、引っかかるところがあったら、いってくれないか」

「ちょっと、待ってください。列車の時刻表を、取ってきますから」

といって、亀井は、資料室に向かった。

3

やがて、列車時刻表を手にして、亀井が戻ってきた。

「素朴《そぼく》すぎる、疑問なんですが……」

「このさい、なんでもいい。いってくれないか」

「いたずらではない、という前提でですが、犯人はなぜ『トワイライト』を、狙《ねら》ったんですかね？」

「というと？」

「身代金を、要求するなら、乗客・乗員が、より危険な状況に、置かれるほうが、効果的ですよね。とするなら、『トワイライト』よりも、もっとスピードを出して走る、新幹線のほうが、条件に、合っているでしょう？」

「なるほど。じゃあ、それに対する、答えは？」

「それを、考えているんですが」

「新幹線と、『トワイライト』の違う点は、何がある？」

「なんといっても、『トワイライト』は、豪華寝台特急です。いちばん上のクラスなら、寝台料金だけで、一人五万円以上するはずです」

「そんなに、高額なのか？」

「ええ。つまり、お金に余裕のある人間が、乗っている、確率も高い、ということになります。それに客席は、個室になっています」

「もし、犯人も同乗しているとして、個室だったら、捜査の死角となるものも多いし、列車内を移動するのも、他の乗客と、顔を合わすことなく、動けるということだ」

「かもしれません」

「寝台特急なのだから、長時間、走り続けるんだろう？」

「ええっと……。大阪発が、午前十一時五十分で、札幌着が、翌朝の九時五十二分ですから、約二十二時間走っています」

「新幹線で、いちばん長い時間、走るのは？」

亀井が、今度は、新幹線のページを繰りながら、

「東京—博多《はかた》間が、いちばんの長距離でしょう。所要時間は五時間です」

「二十二時間と五時間か。時間が長いほど、犯人も駆け引きが、しやすい？」

「あっ、警部！　時刻表では、『トワイライト』は、新潟《にいがた》県の新津《にいつ》駅を、午後の七時三十九分に出発したあと、翌朝の午前七時十八分まで、どこにも停《と》まりません。次の停車駅は、北海道の洞爺《とうや》駅です」

「新潟から北海道まで、まったく、停まらない？」

「ええ、そうなっています。秋田《あきた》にも、青森《あおもり》にも、停まりません」

「じゃあ、十二時間近くも、ノンストップで、走り続けることになる」

「待ってください。確かめてみます」

そういって、亀井は、デスクトップ・パソコンを操作した。

やがて、顔を上げると、

「間違いありません。乗務員の交代や、機関車の交換のために、いくつかの駅には、停車しますが、乗客の乗降は、いっさい行われませんね」

「缶詰め状態か」

「そのあいだも、脅迫状にあった『ゲーム』を、長く楽しめる、ということです」

犯人への、皮肉もこめて、亀井がいった。

「じゃあ、少し、見方を変えてみよう。『トワイライト』は、新幹線と比べて、お金に余裕のある乗客が多いので、身代金も取りやすい。走行距離も、走行時間も長いので、犯人はいろいろと、駆け引きや、細工がしやすい。寝台特急なので、個室となっていて、犯人の動向が、他の乗客の、目につきにくい。これが犯人側にとっての、狙いめだとする。では、これらの条件に合った列車は、ほかにはないのかな？」

「豪華で高額、走行時間が長く、個室の寝台特急ですか？　ちょっと待ってください」

亀井は、ふたたび、パソコンに向かった。

しばらくして、マウスを動かす、手を止めた。

「たしかに、警部がおっしゃるとおり、寝台特急は、『トワイライト』にかぎりません。ほかにも『カシオペア』『北斗星《ほくとせい》』『サンライズ出雲《いずも》・瀬戸《せと》』などがあります。とくに『カシオペア』は、『トワイライト』の運行より、十年ものちに、運行が開始された、新しい列車で、人気も高いようです。走行時間も十七時間あまり。さきほどの条件に、合うようです」

「料金や、走行区間は？」

「いちばん上のクラスで、五万円弱。『トワイライト』と比べて、料金が安くなっているのは、走行区間が上野《うえの》―札幌間で、『トワイライト』の大阪―札幌間より、はるかに短いためです。ですから逆に、『トワイライト』より、割高感はありますね」

「仮にだよ、犯人が東京近辺に、居住、あるいは通勤などしているとしたら、わざわざ大阪まで出かけて行って、爆薬を仕掛けるより、『カシオペア』に仕掛けるほうが、都合がいいだろう。上野駅は、目と鼻の先だよ」

「東京駅からなら、山手線《やまのて》で、四駅です」

「にもかかわらず、大阪発の『トワイライト』を狙ったのは、なぜか？『トワイライト』は、大阪を出ると、京都から敦賀《つるが》に抜けて、日本海側を北上する。東京とは、まったくかかわりがないんだ」

「警部は、犯人が、東京中央郵便局から、脅迫状を投函したのは、カモフラージュではないかと、おっしゃるんですか？東京近辺ではなく、大阪近辺に潜伏していると？」

「まだ、そこまでは、分からない。これまでは、東京近辺に、潜伏しているものとして、話を進めてきたけれど、そういった先入観は、よしたほうがいい、ということだよ」

　そこへ、東京中央郵便局に行っていた、日下刑事から、連絡が入った。

「犯人の特定は、無理ですね。監視カメラは、設置されていますが、一時間に、何百人もが通過しますし、肝心《かんじん》の、速達投函口付近は、カメラの死角になっていますので、皆目《かいもく》、見当がつきません」

「了解した。ご苦労さん。帰ってきてくれ」

　日下たちをねぎらって、十津川は、受話器を置いた。

　脅迫状の差出人は、手掛かりというものを、残していない。唯一《ゆいいつ》、東京中央郵便局からの、投函という、事実だけだ。

　それだって、そのまま脅迫者が、東京に潜伏していることに、結びつくわけでもない。関西から、東京の仲間に封書を送り、投函させた、とも考えられる。

　一筋縄《ひとすじなわ》ではいかない、人間なのだろう。この、もやもやしたものが、杞憂《きゆう》であってくれればいい。たぶん杞憂にすぎないだろう。

ただ、十津川は、脅迫状から読み取れる、差出人の、ゲーム感覚の軽さというか、どこか余裕を感じさせる、雰囲気が、気にかかった。

（こいつは、きっと近いうちに、なにかをやるに違いない）

十津川は、そうも感じていた。

4

定刻の午前十一時五十分、「いい日旅立ち」のメロディに送られて、寝台特急「トワイライトエクスプレス」は、大阪駅10番ホームから発車した。

通過時刻は、新大阪十一時五十六分、京都十二時二十五分。

遅滞《ちたい》なく運行している。

大阪府警の爆発物処理班は、出発前の捜索で、異状がないことを、確認すると、帰って行った。彼らの任務は、そこまでだった。

そのあとのことは、大阪府警の刑事たちが、引き継いだ。

刑事たちは、車掌室、サロンカー、食堂車などに分散して、警戒に当たっていた。

とくに、車掌室には、一億円の現金が、保管されていたので、二人が警備に就《つ》いている。

手荷物検査を行ったとはいえ、犯人はたくみに隠して、車内に持ち込んでいるかもしれないのだ。金沢駅までは、気が抜けなかった。

京都を過ぎたあたりから、車内にはざわついた空気が流れた。昼食の時刻だった。買い込んだ駅弁でも、開いているのだろう。駅弁も、旅情を演出してくれる、大事な道具の一つである。

八号車と九号車以外は、扉が閉められて、なかの様子をうかがうことは、できなかったが、どこからともなく、美味《おい》しそうな匂いが、漂《ただよ》ってきた。

刑事たちは、十五分交替で、それとなく車内を、往復しながら、注意を払ったが、異状は見られなかった。

府警本部からも、新たな指示は、なかった。

気《け》だるいような、時間だけが、流れていく。

車窓には、ちらほらと、紅葉の始まった、山並みが映っていた。

昼食を終えた乗客たちも、その眺《なが》めにひたっているのだろう。通路にも、人影は少なかった。

敦賀駅を出たのが、午後一時四十八分。

依然《いぜん》として、車内に変化はない。

午後二時四十分に、福井《ふくい》駅を過ぎると、警備陣の緊張が高まった。

つぎの停車駅が、金沢駅だった。ちょうど一時間後に、到着する。

府警本部からの、連絡はない。JR西日本の本社からも、乗務員への指令は、何もなかった。

緊張が高まる一方で、金沢駅到着の、一時間前になっても、犯人が、なんの連絡も寄越《よこ》さないのは、やはりいたずらだったのか、といった空気も感じられた。

やがて、定刻どおりに、「トワイライトエクスプレス」は、金沢駅のホームに、すべり込んだ。

ホームに立つ駅係員の数が、いつもより多く、目につく。

大阪府警の刑事たちが、プラットホームに目をやると、あちこちに、張り込み中の、私服警察官が、立っているのが分かった。

石川《いしかわ》県警の応援だろう。職業柄、同じような雰囲気をまとう人間には、敏感なのだ。物陰にいたり、風景にとけ込むようにしていても、目に飛び込んでくる。

クスッと、一人の刑事が笑った。つられて、横にいた刑事も、ふき出した。

(分かるよなあ、丸見えじゃないか)

そう語りかけるように、二人は、目を見交《みか》わして、うなずき合った。

新大阪、京都あたりまでは、乗り込んでくる乗客もあったが、金沢駅での乗降客は、少なかった。

「トワイライトエクスプレス」の乗客は、金沢見物をするというよりは、この列車での旅情を楽しむのが、目的なのだ。

降車した何人かの乗客のあとを、石川県警の刑事たちが、尾《つ》けて行った。

三分ほど停車したのち、「トワイライトエクスプレス」は、午後三時四十分、何ごともなく、金沢駅を発車した。

さすがに、大阪府警の刑事たちも、ホッとした表情を取り戻した。

とはいえ、「トワイライトエクスプレス」は、札幌まで走り続ける。この先で、事件が起こるかもしれない。

つぎの高岡《たかおか》駅で、四人の刑事を残して、他の刑事たちは、降りて行った。

同じころ、十津川は、警視庁で、待機していた。いまはまだ、今回の捜査にかかわりはなかったが、どのような展開になるのか、分からない。

日下と西本を、ＪＲ西日本の東京本部に、張りつかせていた。

「そろそろですね」

壁の時計に、目をやりながら、亀井が、十津川のデスクにやって来た。

「金沢駅では、三分ほど停車する。それまでに、犯人が、どんな要求を出してくるか……」

犯人からの、連絡があれば、ＪＲ西日本本社を通じて、東京本部にも指令があり、日下たちが、報《しら》せてくることになっている。

やがて、金沢駅到着時刻になった。

しかし、日下から、なんの連絡もないうちに、午後三時四十分の発車時刻が、過ぎてしまった。

さらに、五分が経過したころ、電話が鳴った。

十津川が、受話器を取った。

「何⁉　犯人から連絡がない？　どういうことだ？」

しばらく、受話器に、耳を当てていた十津川が、電話を切った。

「きいてのとおりだ。犯人からの連絡は、なかった。まだ断定するには、早いが、どうやら、いたずらだったようだ」

亀井が、うなずく。

「しかし、札幌到着までには、まだ十八時間もある。気を引き締めて、待機していてくれ」

十津川は、刑事たちに、告げた。

十津川の、胸のうちでは、やはり、いたずらだったのか、という思いと、これで終わるのだろうか、という思いが、交錯《こうさく》していた。


翌日の午前十時五十分、十津川は、「トワイライトエクスプレス」が、札幌に到着した一時間後に、大阪府警に電話を入れた。

応対に出た刑事は、権藤《ごんどう》警部と名乗った。

十津川は、今回の件では、捜査の役に、立つことができなかったことを、詫《わ》びたあと、きいた。

「一抹《いちまつ》の、不安もありましたが、やはり、いたずらだったんですね？」

「いたずらといっていいのか、悪質な、愉快犯だったようで」

権藤警部は、苦々《にがにが》しい口調で、話し始めた。

「トワイライトエクスプレス」は、なんの異状もなく、今朝の九時五十二分、札幌駅のホームに到着した。

北海道警の、応援を受けて、警戒態勢も敷いていたが、不発に終わった。

ところが、全乗客が降車したあと、念のためにと、各客室を、点検したところ、奇妙なものが見つかった。

人間の頭大の、ゴム風船が二つ、六号車の二人用の個室のベッドに、残されていた。B個室と呼ばれている客室で、扉がついていた。

一つのゴム風船には、黒のマジックで、大きく「爆弾」と書かれ、「へのへのもへじ」が書かれていた。もう一つには、「つぎは本物の爆弾を使うので、楽しみに待っていてほしい」と、書いてあった。

すぐに北海道警の、科学捜査研究所に持ち込み、指紋、および風船の吹き込み口に、唾液《だえき》が残されていないか、検査したが、反応はなかった。手袋をして、小型の空気ポンプでも、使ったのだろうと、推測できる。

ゴム風船の出どころも、調査中だが、ゴム風船についての、データがないので、難航している。

権藤警部の話は、そういったものだった。

「そのB寝台の個室に、乗車した人間を、乗務員は、見ていないのですか？」

十津川は、きいてみた。

「検札がありますので、車掌は顔を合わせています。しかし、人物を特定できるほどに、記憶はしていない、ということです。それに、全乗客が降車するさいに、勝手に他の客室に、放り込むことも可能なので、その線での追跡は、難しいと思われます。先ほど、道警から、ゴム風船の画像が、送られてきましたので、警視庁のほうにも、送っておきます」

そういって、権藤警部は、電話を切った。

B寝台個室に、残されていたという、ゴム風船の写真が、警視庁に、送信されてきた。ピンクとブルーの、二つだった。

「これを、どう解釈するか、だな」

十津川は、パソコンの画面に、見入っている刑事たちに、きいた。

「『次は本物の爆弾を使う』と書いていますが、どうなんでしょう？　愉快犯と、実行犯とでは、天と地ほど、まったく違いますよ」

西本刑事がいう。

「実行犯となるには、それなりの覚悟が、必要だ。愉快犯なら、道端《みちばた》にタバコの吸《す》い殻《がら》を、捨てるくらいの、軽い気持ちでもやれる。しかし、ゴム風船二つの、置き土産《みやげ》だけでは、そのどちらとも、判断がつかないな」

十津川のことばに、みんなも同感だったのか、話はそれ以上、進まなかった。

5

その日の各紙夕刊の、第一面に、文字が躍《おど》っていた。

《風船爆弾に　大阪府警の警備不発！》
《よみがえった風船爆弾　ＪＲを直撃！》
《豪華寝台列車個室に　ゴム風船二つ！》
《大阪府警　一億円かかえての、北海道ツアー！》

第一面には、タイトルだけが並び、第二面か三面に、詳細が載《の》っていた。

犯人が、パソコンから、投稿したものに、間違いないだろう。警備陣の様子まで、カメラに収まっていた。

大阪府警のメンツは、丸つぶれだった。

（犯人は、愉快犯などではない。用意周到に準備し、警察に、挑戦してきたのだ！）

十津川は、そう思った。

その後、犯人からの、メール投稿は、名古屋《なごや》市内の、ネットカフェから送られたと、判明した。

潜伏先の特定が、また、難しくなってしまった。

さらに翌日の午前九時過ぎ、今度は、ＪＲ東海《とうかい》東京本社から、警視庁に、緊急の連絡が、入った。

列車爆破を、予告する電話が、直接、秘書室あてに、かかってきたという。

電話での内容は、つぎのようなものだった。

社長が、不在だったので、電話口には、小高《おだか》秘書室長が出た。

「今日、東京発午前九時三十分の、東海道《とうかいどう》新幹線『のぞみ21号』博多行きに、爆薬を仕掛ける」

開口一番、相手はそう切り出した。送話口を、何かで覆《おお》っているのか、くぐもった声だった。若い、男の声に、聞こえた。

「えっ、もう一度、いってほしい」

秘書室長の職務柄、小高は即座に、メモに手を出していた。

「『のぞみ21号』だ。爆薬を、仕掛ける。正午までに、乗客・乗員の身代金、一億円を、車内に運び込んでおけ。受け渡し方法は、追って連絡する」

口早にそれだけをいうと、相手は、一方的に、電話を切った。

十津川は、三上刑事部長から、そう説明された。

「一昨日《おととい》が、『トワイライト』で、今回は、『のぞみ21号』ですか？　昨日、夕刊が、派手に書き立てたので、付和雷同《ふわらいどう》した若者が、おもしろ半分で、脅迫してきたのではないでしょうか？」

十津川は、自分の考えを、述《の》べた。

「そう。ふつうなら、そう考えるのが、当然だろう。ところが、どうも、そうではないらしいんだ」

「何か、模倣犯《もほうはん》ではない、という、疑いがあるのでしょうか？」

「そのとおりだ。もしかしたら、『トワイライト』を脅迫してきた犯人と、同一人物かもしれない」

「どういうことでしょう？」

「男は、電話を切る前に、警視庁に伝えろ、といって、ひとこと、つけ加えたらしい。例のゴム風船の残されていた、個室の番号だ」

「男は、個室番号を、知っていたのですか？」

「大阪府警も、北海道警も、個室番号までは、公表していない。よくいう、犯人しか知りえない、情報だ」

十津川は、唸《うな》ってしまった。

（やはり、次の行動に、出たか）

十津川の懸念《けねん》が、的中した。

十津川は、腕時計に、目をやった。九時半を回っていた。それを見て、三上がいった。

「『のぞみ21号』は、もう、発車してしまっただろう。いまから東京駅に、駆けつけても、間に合わない」

「では、私は、どうすれば……？」

「ヘリを使って、羽田《はねだ》に行くなら、岡山《おかやま》あたりで、追いつくことが、できるかもしれないが、ムダだろう。こちらで、待機するしかない。名古屋着が、十一時十一分なので、上のほうから、愛知《あいち》県警に、応援を依頼した。爆発物処理班も、出動してくれるそうだ」

十津川は、待機指示に、従うほかなかった。

午前十一時十二分、名古屋駅に、到着した「のぞみ21号」に、愛知県警の刑事や、爆発物処理班が、乗り込んでいった。

不審物を、発見するまでは、防護服は、着用しない。ものものしい格好で、車輛内を捜索すれば、乗客がパニックに陥《おちい》る、おそれがあった。

はじめは、目視で捜したが、見つからない。網棚《あみだな》の、ボストンバッグや、キャリーバッグのなかまでは、確かめられなかった。

空席の上の、網棚に置かれた荷物は、一つひとつ、車掌に、持ち主を、確かめさせた。事前に、車内放送で、忘れ物を探していると、報せていたので、混乱はなかった。

結局、これといった、不審物は、発見できなかった。

それ以後は、挙動不審者や、荷物を放置して、降車していく人物がいないか、監視を続けた。

午前十一時五十二分、「のぞみ21号」は、京都《きようと》駅を発車した。つぎの新大阪駅に着く前に、犯人が指定した、「正午」を過ぎてしまう。

刑事たちは、緊迫した空気を、感じながら、正午を迎えた。

車内に、異状はなかった。

無線のイヤホンにも、本部からの、指令はなかった。

そのまま、新大阪、岡山、広島《ひろしま》と、順調に走行し、定刻の午後二時三十九分、「のぞみ21号」は、無事、博多駅12番ホームに、停車した。

第二章　トレイン・ジャック

1

九月十八日、午後二時五分。

寝台特急「トワイライトエクスプレス」は、札幌駅4番ホームから、発車した。

かつて、山口百恵《やまぐちももえ》がヒットさせた、「いい日旅立ち」のメロディが流れる。以前は、谷村新司《たにむらしんじ》の「三都物語」の歌唱版が、流されていたという。

終着駅の大阪には、翌日の昼過ぎに、到着する。

寝台特急のなかでも、この「トワイライトエクスプレス」と「カシオペア」が、人気ナンバー1を争っている。

それだけに、乗車券を入手するのは、大変だった。曜日によっては、販売開始から三十分もすると、すべて満室ということも、珍しくなかった。

　B寝台は、比較的、低価格だから、そこから埋まっていく。しかし、最高クラスの、A寝台の「スイート」や「ロイヤル」も、数が少ないため、同じように、すぐに完売となった。

　この日も、全室、満室だった。

　札幌からの出発時刻が、午後二時を過ぎているので、ほとんどの乗客は、昼食をすませている。

　正午前に、大阪を出発する、下り列車とは違った。慌《あわ》ただしく、弁当を開くこともなく、乗車直後から、車内は静かだった。

「トワイライトエクスプレス」の、下りと上りでは、通過する線路が、一部の区間、別になっている。そのため、上り列車の走行区間のほうが、下りよりも長い。

　大阪―札幌間の下り列車の、走行距離が、一四九五・七キロメートルなのに対して、札幌―大阪間の上りは、一五〇八・五キロメートル。上りが一二・八キロメートル長い。

　それにつれて、走行時間も、下り二十二時間二分、上り二十二時間四十八分と、上りが四十六分、長くなっている。

列車名	特急 トワイライトエクスプレス SA1 SA2 B B1 B2
列車番号	8002
札　幌発	1405
南千歳〃	1439
苫小牧〃	1500
登　別〃	1532
東室蘭〃	1550
洞　爺〃	1633
新　津〃	440
長　岡〃	529
直江津〃	627
富　山着	801
高　岡〃	818
金　沢〃	849
福　井〃	954
敦　賀〃	1036
京　都〃	1215
新大阪〃	1247
大　阪着	1253

列車名	特急 トワイライトエクスプレス SA1 SA2 B B1 B2
列車番号	8001
大　阪発	1150
新大阪〃	1156
京　都〃	1225
敦　賀〃	1348
福　井〃	1440
金　沢〃	1540
高　岡〃	1614
富　山〃	1631
直江津〃	1759
長　岡〃	1858
新　津〃	1939
洞　爺着	718
東室蘭〃	752
登　別〃	811
苫小牧〃	850
南千歳〃	910
札　幌着	952

距離で十三キロメートル弱、時間で四十分あまり多く乗車できて、料金は同じなのだから、上りに乗るほうが得だという、鉄道ファンもいた。

走る線路が、違っている区間は、北海道の、森《もり》―大沼《おおぬま》間だ。

駒《こま》ヶ岳《たけ》を中心にして、下りは、西の山側を走り、上りは東の、海側を走る。

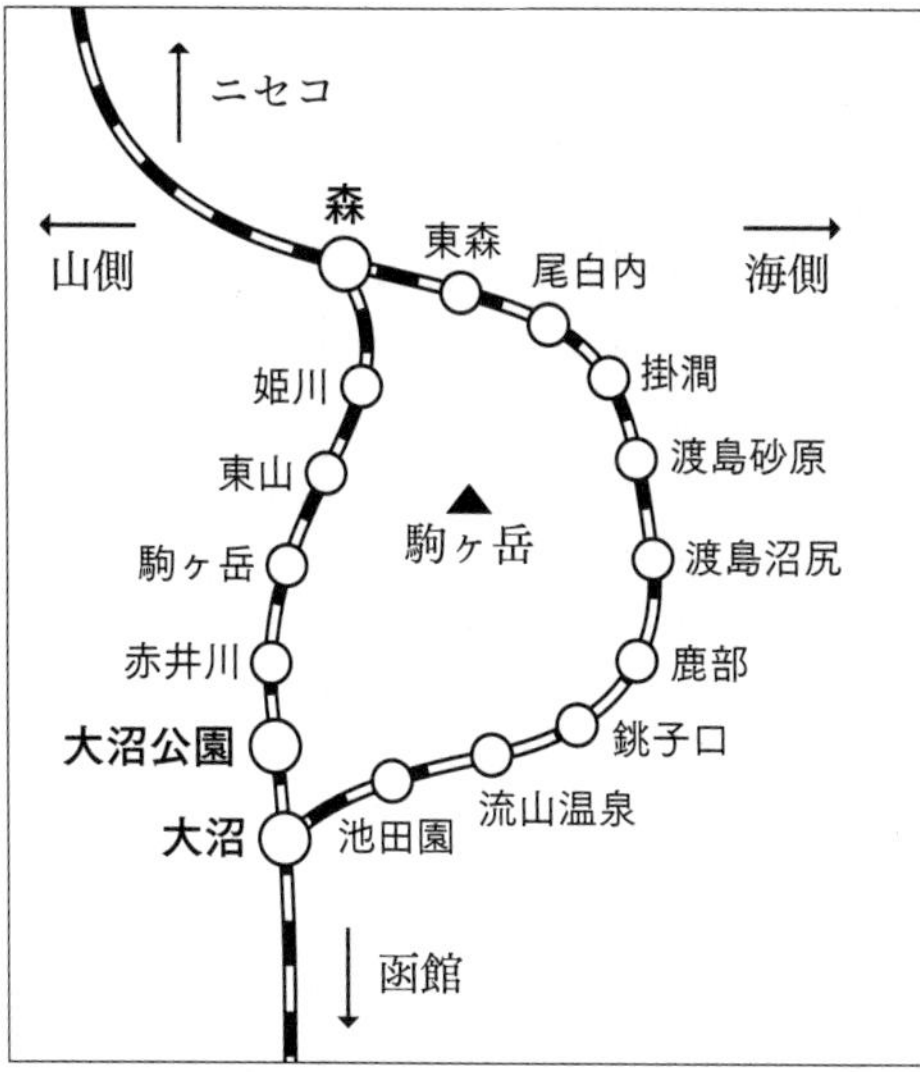

函館本線　大沼付近
海側（砂原線）→三五・三キロ
山側（駒ヶ岳線）→二二・五キロ

それぞれ通称で、駒ヶ岳線、砂原《さわら》線、と呼ばれている。

　この二つの路線の、営業距離の差が、一二・八キロメートルなのである。

　窓外の景色を楽しんでいた乗客たちも、乗車して、一、二時間も経つと、それにも、飽《あ》きてくる。

　サロンカーや食堂車、個室のなかの様子を、携帯電話で撮影しては、ネット仲間に、送信していた若者たちも、自分たちの個室に、戻っていく。

　個室に戻って、仲間とおしゃべりに興《きょう》じたり、ゲームを始めた。

　飽かずに、景色を眺《なが》め続けている

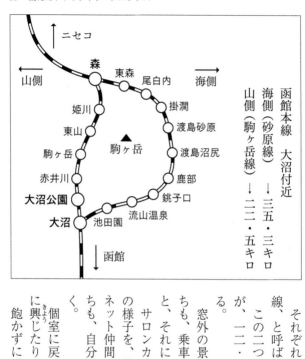

のは、小さな子どもたちくらいだ。

九月中旬とはいえ、本州と比べて、北海道の夕暮れは早い。洞爺
札幌を発車して、二時間半。午後四時三十三分に、洞爺駅を出ると、あたりには、駅を出ると、あたりには、急速に、薄闇《うすやみ》が立ちこめてきた。

ここから、明朝の四時四十分に、新津駅に着くまでの、十二時間あまり、乗客の、乗り降りはない。

外の景色が見えていた、ガラス窓の向こうが、暗くなると、今度は、自分たちの顔が、ぼうっと、ガラス窓に、浮かんだ。

長い夜が、始まったのだ。

それから、一時間ほど経過して、森駅を通過した。ここが、駒ヶ岳線との、分岐点だった。「トワイライトエクスプレス」は、海側の、砂原線に進入した。

急勾配《きゆうこうばい》の駒ヶ岳線と比べて、こちらは高低差が少ない。

列車は、順調に、走行していた。

砂原線に進入して、しばらく経《た》ったころだった。列車に、急制動がかかった。

食堂車で、フランス料理のコースを、楽しんでいた客たちは、一様に、訝《いぶか》しげな表情をした。

すぐに、車内放送があった。

「ただいま、線路に、異常音を感知しました。安全確認のため、いましばらく、停車いたします。そのままで、お待ちください。ご迷惑をおかけし、まことに、申し訳ありません」

それを聞いた、中年の男性が、クスッと笑った。隣の妻が、え？　という顔をする。

「通勤電車だったら、必ず、『お急ぎのところ、まことに……』っていうんだよ。この列車の乗客は、だれも急いでない、と、ＪＲは思ってるようだ」

妻が、うなずいた。

鉄道は、人身事故、信号故障、車輛故障、それに急病人の搬出などで、しばしば遅延する。

線路の異常音というのも、遅延原因の一つだった。

乗客たちは、「またか」といった表情で、車内放送を疑っていない。

やがて、窓の外の暗闇に、懐中電灯の光線が、走るのが見えた。

十人くらいの制服姿の乗務員たちが、車輛の下に、潜《もぐ》り込んでいくのが、うっすらと分かる。

どの車輛からも、それが見えた。

「乗務員って、けっこう大勢、いるんだね」

だれかが、つぶやいた。

十分ほどで、点検作業を終え、懐中電灯の明かりは、いっせいに引き揚《あ》げていった。

そのとき、ふたたび、車内放送が始まった。

先ほどの、車掌の声とは、違った。

「乗客のみなさんに、お知らせする。落ち着いて、きいてほしい。この列車は、トレイン・ジャックされた」

若い男の声だった。

「いま現在、この列車は、われわれの制圧下にある。生命の保障はする。暴力を加えたり、金品を強奪することはない。もちろん、女性に、不埒《ふらち》な行為に、及ぶこともしない。それらを約束する」

どの部屋の乗客も、ひっそりしている。まだ、車内放送で、いっていることの、意味が、つかめていないのだ。

「えっ？　マジ⁉」

「ウソッ⁉」

そんな声も、きこえてきた。

車内放送は、続いた。

「われわれは、これからJRと、ある交渉を行う。そのために、あなたがたの身柄と、この列車を、預からせてもらった。各人は、静かに自分の席で、待機していてほしい」

ようやく、異常事態を、理解したのか、あちこちから、驚きの声が、上がった。

それらを、抑《おさ》えるように、男はいった。

「なお、警告しておく。脱出を企《くわだ》てることは、許さない。先ほど、車輛の下に、爆薬を装着した。車輛の周囲には、レーザー網も、張り巡らせた。だれかが一歩、外に踏み出した瞬間、レーザー装置が感知して、その車輛は、爆破される」

声にならない、悲鳴が、洩《も》れてきた。

「各車輛には、われわれの仲間が、乗客として、乗り込んでいる。分散して、監視しているので、そのことも、記憶しておいてほしい」

車内放送は、最後に、サロンカーや食堂車にいる乗客に、自室に戻るよう、うながして、切れた。

2

その少し前。

JR北海道の管制室に、「トワイライトエクスプレス」から、連絡が入った。線路に、異常音を感知したので、安全確認のため、しばらく停車する、というものだった。

管制室からは、後続の列車に、停止の指示が出された。

砂原線を走行する、列車の本数は少ない。早朝を除けば、日中は、二、三時間に一本という少なさだ。

しばらくの停車など、影響は、ほとんどなかった。

一方、JR北海道本社に、社長を指名して、電話が入った。

若い男の声だった。

「われわれは、上りの『トワイライト』を、乗客・乗員、それに車輛ともども、制圧下に置いた。いたずら電話ではないことを、断っておく。これから、大切なことを話すので、メモを取るか、録音してほしい」

ＪＲ北海道でも、社長が直々《じきじき》に、名も知れない人物の電話に、出ることはない。社長室秘書の上村《うえむら》が、応対していた。

「君は、いったい、だれなんだ⁉　名前を名乗ってくれ！　いたずら電話だって、立派な犯罪なんだぞ！」

　上村秘書は、声を荒らげていた。じつに多いのだ、こういう手合いが。

「分かった。じゃあ、われわれのいうことが、本当かどうか、確かめるための、時間をやろう。十分間だ。いま、『トワイライト』は、砂原線の途中で、停車している。われわれが、停止させたのだ。それを確認しろ。十分後に、また連絡する」

　男は、そういって、電話を切った。台詞《せりふ》の終わりは、笑っている、声色《こわいろ》だった。

　上村秘書は、放っておこうかとも考えたが、いちおう、確認のために、管制室を呼び出した。

「いま、『トワイライト』は、どのあたりを、走っていますか？」

「先ほど、線路に、異常音を感知した、ということで、砂原線の、渡島沼尻《おしまぬまじり》駅と鹿部《しかべ》駅とのあいだに、停車しています」

「えっ、本当か⁉」

「手間取っているのでしょうか、まだ、その後の連絡が、ありませんが。それが、何か？」

「いや、いい」

それだけいって、電話を切り、上村秘書は、社長室に、駆け込んだ。

やや早口になって、事情を説明する、上村秘書に向かって、相沢社長がいった。

「落ち着きたまえ。停車しているのは、本当だとしても、まだ、乗っ取られたと、決まったわけじゃない。偶然、列車が停止したのを見かけて、いたずら心を、起こしたのかもしれない。その男が、もう一度、連絡してくるかどうか、待とうじゃないか」

相沢社長も、半信半疑だった。

相沢社長がそういった直後に、ふたたび、男の声で、電話が入った。

「確認したかね？」

今度も、上村秘書が、対応した。

「停車しているのは、確認した。だが……」

「だが？　まだ疑ってるのか？　往生際《おうじょうぎわ》の悪い。とにかく、われわれの、話を聞け。メモか録音機の、用意はいいか？」

「準備は、している」

「よし。まず、各車輛には、一つずつ、爆薬が仕掛けられている。この爆薬は、レーザーの結界《けっかい》とつながっている。列車から百メートルのところに、ぐるりを囲んだ、結界がある。これに、人間が感知されると、車輛側面に、貼《は》り付けた、赤色灯が点滅する。警報音も、鳴り響く。ただ、この結界に触《ふ》れても、爆破はされない。しかし、その内側に、もう一つの、レーザー結界が張られている。もし、これに触れれば、列車は、自動的に、爆破される」

男はここで、一呼吸、置いた。

「ここまでは、いいか?」

「ああ、記録している」

「そこで、乗客・乗員の身代金として、一億円を要求する。一億円を、銀行口座に、振り込んでもらう」

「一億円を、銀行口座に?」

「そう。一億円だ。銀行口座に振り込んでもらう。詳しいことは、明朝八時に教える。それまでに、一億円を支払うかどうか、態度を、決めておいてくれ。もっとも、支払いを、拒否することは、できないと思うが」

男の話は、そこまでだった。

3

ＪＲ北海道では、男からの、二度目の脅迫電話を受けて、もう一度、管制室に、「トワイライトエクスプレス」の状況を、質《ただ》した。

管制室からの、返答は、「トワイライトエクスプレス」との交信が、不通になっている、というものだった。

異常事態が発生した、と判断した相沢社長は、急遽《きゅうきょ》、ＪＲの作業員を、現場に急行させる一方、道警にも連絡をとった。

道警からは、四人の刑事が、ＪＲ北海道本社に、駆けつけた。

男とのやり取りは、録音してあった。男が使用した、携帯電話の、着信履歴も、残されていた。

「乗っ取り犯にしては、幼稚というか、ずさんですね。声紋を残し、携帯電話の番号も、残しています」

道警の佐々木《ささき》警部が、相沢社長に、感想を洩《も》らした。

「専門家から見ても、そう思われますか？」

「ただ、犯人側の用意周到さが、そうさせているのでなければ、ですが」

「というと？」

「仮に、携帯電話が、違法に、入手されたのであれば、出どころを追っても、犯人には、行き着けませんから」

佐々木警部のことばに、相沢社長は、黙ってしまった。

やがて、現場に派遣した、作業員から、第一報が入った。

「列車には、近づけません。犯人側の、いうように、列車から百メートルほどの地点に近づくと、赤色灯が点滅し、大きな警報音が、響きました。それ以上は、危険なので、進めません。この地点で、待機します」

「警察は、まだなのか？」

相沢社長が、きいた。

「まだ、到着していません」

北海道警に、通報する前に、作業員を、現場に派遣したのだ。警察車輛が、到着するのは、もう少しあとだろう。

相沢社長のそばで、作業員の報告を、きいていた、佐々木警部が、

「そうしてください。いま、爆発物処理の専門家が、そちらに向かっています。どん

な装置を使用しているのか、分かりません。誤作動の恐れもあります。レーザー結界には、絶対に、近づかないでください」

そう伝えた。

相沢社長は、事件発生が、確認された時点で、対処の仕方を、決めていた。

身代金を支払う。

これ以外の選択肢《せんたくし》は、なかった。

鉄道会社の使命は、安全に、正確に、快適に、乗客を、目的地に届けることである。なかでも、「安全に」が、最重要視される。

徹底した安全対策があって、はじめて、社会の公器としての鉄道は、存在価値を持つのである。

人質の救出は、その延長線上にあった。

相沢社長の、鉄道マンとしての、信念だった。

「一億円を、支払われるのですね?」

佐々木警部が、相沢社長に、確認した。

「支払います。JR北海道の経営が、苦しいことは、ご存じでしょうが、そうかといって、支払いを、拒否はできません。ただ、不可解なのは、銀行口座に振り込めと、いってきたことです」

「私も、それを考えています。犯人の考えていることが、理解できません」

「素人《しろうと》考えでも、変だと思いますよ。現金の授受《じゆじゆ》なら、分かります。いったん金を手にして、行方をくらませば、その金が、どういう、いわれのものか、分からなくなります。しかし、銀行口座に、振り込まれた金は、いつまで経っても、出どころが、はっきり残っています」

「それに、銀行口座が、封鎖されてしまえば、未来永劫《えいごう》、犯人は、金を手にすることは、できません」

「封鎖、されるのですか？」

相沢社長の表情が、くもった。

「いえ。いまのところは、口座の封鎖は、考えていません」

その答えをきいて、相沢社長は、安堵《あんど》の表情を、浮かべた。

「オレオレ詐欺《さぎ》の横行もあって、一日に高額の現金を、引き出すことは、できません。何回にも分けて、引き出すしかありません。ですから、犯人側が、身代金の引き出しを、重ねれば重ねるほど、われわれは、犯人に、関する情報を、得られます」

「おっしゃるとおりです。私どもが、身代金の支払いに、応じる理由の一つに、それがあります。一億円は、すぐに消えるわけでは、ありません。一億円の、一部を引き出した時点で、犯人が逮捕されれば、身代金の大半は、戻ってくるでしょうから」

犯人の申し出は、身代金を、支払わされる側にとっては、渡りに船だったが、やはり不可解だった。

その後の調べで、犯人は、青森市街から、電話してきたことが、分かった。

電話番号の持ち主は、田所正志《たどころまさし》、五十七歳。

半年前に、神奈川《かながわ》県川崎《かわさき》市内のショップで、購入していた。

緊急に、神奈川県警に調査を依頼した結果、現住所となっている所番地に、田所正志という人物が、居住していた、形跡はなかった。

ホームレスなどの、戸籍を借りるか、買うかして、身分を偽《いつわ》って、購入したものと、推定された。

4

周囲は、森に囲まれていた。

鉄道に並行して、道路が一本、走っているだけだ。人家《じんか》の明かりは、どこにも見えない。

原野《げんや》の、真《ま》っ只中《ただなか》に、列車が、ポツンと、たたずんでいた。

車内から洩れる明かりで、暗闇の中に、ぼんやりと、列車のシルエットが、浮かんでいた。その列車のシルエットを、遠巻きにして、パトカーが、十台ほど、赤色灯を、回転させていた。

百メートルも離れると、列車は、かなり遠くに見える。

傍《かたわ》らの、大型のバス車輛には、金網が、ほどこされている。爆発物を、専門に扱う、特殊部隊の車輛だった。

さらにその後方には、消防車が四台と、救急車が二台、並んでいた。万一の、火災と、負傷者に、備《そな》えてだった。

最初、特殊部隊では、突破口がないかと、外側のレーザー結界を、排除することが、検討された。

しかし、外側のレーザーの、発信装置を、取り除けたとしても、もう一つ内側の、発信装置に、触れたとたん、爆破するという、犯人からの警告があった。誤って、その領域に、踏み込みでもしたら、大惨事となる、恐れがある。

処理班は自重《じちょう》して、外側の発信装置も、そのまま、放置することにした。

北海道警としては、ＪＲ北海道と、犯人の交渉を、見守るしかなかった。


乗客たちは、不安の一夜を、明かした。

一晩中、警察車輛の赤色灯が、回転していた。それが、ガラス窓に、反射するので、多くの乗客は、寝つけなかった。

車輛の下の、爆発物も、居心地《いごこち》を、悪くさせる。

個室の外にも、出にくかった。

だれが、どこで見張っているか。それを考えただけでも、ゾッとした。部屋から、出られない。

個室にトイレのない乗客は、声をかけ合って、トイレに行った。

寝台特急なので、身体を横にすることが、できるだけでも、助かった。これが、ふつうの座席だったら、乗客の疲労は、もっと、大きかったに違いない。

考えようによっては、乗客は、当初の予定どおり、行動していることになる。

夜のあいだは、当然、寝台に身を横たえていたはずだ。いまも、同じことだった。

ただ、この寝台特急は、停止しているのだが。

翌朝、午前八時ちょうど。

男から、連絡があった。

相沢社長は、昨夜から、帰宅せず、社長室のソファに、横になっていた。

佐々木警部と、もう一人の若い刑事は、警察備品の、簡易ベッドを、持ち込んで、犯人からの連絡を、待っていた。

録音機の、スイッチを入れ、逆探知装置も、オンにして、相沢社長が、電話に出た。

「身代金を支払うか、どうか、決まったか？」

「支払うことに、決めている」

「では、これからいう銀行口座に、振り込め。K銀行渋谷《しぶや》支店、普通口座、一七三五×××だ。復唱しろ」

相沢社長が、口座番号を、繰り返した。

「朝一番で、振り込んでほしい。振り込みが、確認されたら、人質は、解放する」

「間違いなく、解放してくれるんだな？」

「約束する。人質なんて、われわれにとっては、お荷物にすぎない。荷物は、降ろすにかぎる。のちほど、人質解放の、手順を教える。もう一度、連絡する」

笑いながら、男は、電話を切った。

携帯電話の番号は、前日、青森市内で、使用されたものと、同じだった。今度は、札幌市内の、中心部から、発信されていた。

朝の通勤ラッシュだ。犯人の特定には、いたらなかった。

佐々木警部は、すぐに、警視庁の、十津川警部に、連絡をとった。十津川は、まだ、自宅にいた。

「朝早くから、すみません。ご無沙汰《ぶさた》しています。じつは、緊急の、お願いがあって、連絡を差し上げました」

そう告げて、K銀行渋谷支店の、口座の名義人を、調べてほしいと、依頼した。

十津川も、昨夜遅く、事件の概要を、三上刑事部長から、きかされていた。

「分かりました。お手伝いできることがあったら、なんでもいってください。遠慮はいりませんから」

十津川が、いうと、

「ありがとうございます。また、お願いすることが、あるかもしれません。しかし、無理なときは、お気づかいなく、断ってください。警視庁の忙しさは、有名ですから」

佐々木警部は、そう、返してきた。

午前九時には、身代金の一億円は、K銀行渋谷支店に、振り込まれていた。

佐々木警部に、十津川から報告があったのは、そのすぐあとだった。

「口座の名義人が、分かりました。田所正志、年齢は五十七歳、現住所は、神奈川県の川崎市内です」

「あ、それは、犯人が使用している、携帯電話の購入者名と、同じです」

佐々木は、たぶん、ホームレスから買った戸籍だろうと、答えた。

「偽名ですか。お役に立てず、申し訳ありません」

「いえ、こちらこそ、早朝から、ご足労をおかけして、申し訳ありませんでした。ありがとうございました。このお礼は、あらためて」

佐々木は、頭を下げて、携帯電話を切った。

続いて、道警の上司からも、佐々木に、報告があった。

「九時三分に、K銀行渋谷支店の、例の口座から、現金五十万円が、引き出された。ただし、引き出されたのは、長野《ながの》市内の、無人ATMだった。長野県警に、調査を、依頼したところだ。何か分かったら、また連絡する。それにしても、青森、札幌、長野と、やつらは、神出鬼没《しんしゆつきぼつ》だな」

上司は、呆《あき》れた口調で、いった。


男が、再度、ＪＲ北海道本社に、電話してきたのは、九時半を、少し過ぎたころだった。

「身代金は、受け取った。口座は、封鎖されていないようだな。では、これから、人質解放の手順を、説明する。くれぐれも、口座を、封鎖しないように」

男は、前置きして、続けた。

「はじめに、断っておく。乗客たちの全員を、安全に解放させたいのなら、最後の一人が、レーザー結界の外に、出るまで、警備陣は、動いてはならない。もし、少しでも動いたなら、残された人質は、解放しない。必ず、警察に伝えることだ」

「分かった。必ず、伝える」

「人質を、列車の外に出すさいには、レーザー結界を、解除する。赤色灯が消灯したら、解除された合図だ。ただし、人質全員の、解放が完了した時刻から、六十分が経過するまでは、ふたたび、赤色灯が点灯する。つまり、レーザー結界は、作動状態に戻る。六十分が、経過すると、赤色灯は、消灯する。この六十分間を確保するために、乗務員二名を、われわれに、預からせてもらう。以上だ。現場の指揮官に、正確に伝えろ」

そこで、男は、電話を切った。

午前八時の電話は、札幌市中心部からだった。道警では、すでにその周辺に、交番の警察官、および私服の刑事を、配置して、警戒に当たっていた。

かなりの確率で、犯人を包囲できる、態勢だった。その包囲網から、出ようとする、若い男全員に、職務質問を、かければいいのだ。

男は、長々と話していた。逆探知されることを、考慮していないのだろうか？

理由は、すぐに判明した。

今回の発信地は、新千歳《しんちとせ》空港付近だった。しかも、警察署や交番から、離れた場所からだった。

道警本部から、報告を受けた、佐々木警部は、ＪＲの時刻表を、借り受けて、ＪＲ千歳線のページを開いた。

札幌を八時二十五分に発車する、「快速エアポート82号」が、九時一分に、新千歳空港に、到着している。

午前八時に、札幌の雑踏《ざつとう》から、ＪＲ北海道の社長室に、電話を入れた男は、ゆうゆうと「快速エアポート82号」に乗車した。

そして、新千歳空港駅で降りると、安全な場所に、移動したのち、もう一度、JR北海道に、電話を入れたのだ。

佐々木警部は、犯人の狡知《こうち》さを、思い知らされた。

5

人質の解放が、始まっていた。

一人ずつ、三号車の乗降口から、降りてくる。

地面まで、高さがあるので、乗務員が、階段を用意し、介助している。

乗客たちは、十メートルほどの、あいだをあけて、警備陣のほうへ、歩いてきた。どの乗客も、さほど疲れを見せていなかった。不安は、あったのだろうが、体力は、消耗《しょうもう》しなかったようだ。

若者のなかには、めったにない経験をしたと、目を輝かせ、笑顔で歩いてくる者もいた。

解放された、人質たちは、一カ所に集められ、道警のバス車輛に、収容された。これから、道警本部で、一人ひとり、事情聴取が、行われるはずだ。

報道陣が、トンビに油揚《あぶらあ》げをさらわれた格好で、後方に、ひかえていた。警察に、規制されて、人質が集められた区域には、近づけないのだ。


しばらくして、人質救出の現場に、混乱が生じた。

救出された人質の人数が、ＪＲが把握していた人数より、七人も少なかったのだ。

解放された人質たちは、一人ずつ、警察のバス車輛に、収容された。

一台のバス車輛が、定員に達すると、その場から、最寄りの警察署に、搬送されていった。

乗客の、最後の人質と見られる男性が、警備陣のところまで、歩いてきたとき、現場指揮官が、きいた。

「あなたが、人質の乗客の、最後ですか？」

「ええ。乗客では、私が最後です。あとに残っているのは、乗務員と、食堂車の従業員の方々だけです」

男性が、答えた。

「間違いありませんか⁉」

「間違いありません」

指揮官が、後方に並ぶ、隊員たちに向かって、叫んだ。

「人数が足りん！　乗客の人質の数が、七人、足りん！」

一瞬、指揮官の脳裏《のうり》には、不吉な予感が走った。

その七名が、犯人だったのではないか？　そして、逃亡してしまったのではないか？

いや、少なくとも一人は、列車内に、残っているはずだ。起爆装置を、解除する人物が。

指揮官は、自分に、そういいきかせた。


乗務員二人を残して、人質の収容が、終わるのに、一時間少しかかった。

時刻は、午前十一時五十分だった。

それと同時に、列車の側面に装着されていた、赤色灯が、ふたたび点灯した。

なぜ、六十分が、必要なのか？

乗っ取り犯が、逃亡するための、時間稼ぎだとしたら、それは、不可能だ。

列車を中心にして、百メートルの円形に、森の中にも、警察官を配置している。

列車の周囲は、完全に、取り巻かれているのだ。

逃走経路を、確保するために、新たな要求を、してくるのだろうか？

現場の指揮官は、不安をおぼえていた。

その十分後の、午前十一時ちょうど。

今度は、ＪＲ西日本本社に、電話が入った。

年配の、男性の声だった。

男が、「トワイライトエクスプレス」にかかわる電話だと、いったため、交換は、秘書室につないだ。

乗客が、やっと解放された、直後だった。

野崎秘書室長が、緊張して、電話に出た。

「至急、北海道警に、連絡していただきたい。現在、『トワイライトエクスプレス』は、レーザー装置を、作動させた状態で、われわれが、預からせていただいています。人質解放後、六十分が経過すると、装置を解除すると、通告していましたが、一つ、いい忘れていたことが、ありました」

男は、落ち着き払った、丁寧《ていねい》な口調で、いった。

「いい忘れていたこと？」

「そうです。人質の身代金は、いただきましたが、車輌の代金を、いただくのを、うっかり、いい忘れていました。一億円です」

野崎秘書室長の、頭の中は、収拾がつかなくなった。

つい先日、ゴム風船爆弾騒ぎで、若い男に、翻弄《ほんろう》されたばかりだった。

続いて、「のぞみ21号」の件もあった。どちらも、いたずらだったが。

そして、三度目の正直で、昨夜、「トワイライトエクスプレス」の、トレイン・ジャックが、現実となった。

幸いというか、犯人への対応は、JR北海道が、矢面《やおもて》に立った。

そして、人質の解放が、始まり、トレイン・ジャックそのものは、ほぼ解決したと、思われた矢先の、新たな要求だった。

「私は、便乗犯では、ありません。その証拠として、今回の身代金の、振込口座の、名義人の名を、お伝えします。田所正志です。これは、公表されていませんから、北海道警に、確認してみてください。そのあとで、ゆっくりと、話し合いましょう。のちほど、こちらから、連絡します。――あ、これは、蛇足《だそく》でしたね」

クスクスと、軽い笑い声を残して、通話は切れた。

野崎秘書室長は、園田社長に、報告するとともに、北海道警に、確認の電話をかけた。
口座の名義人は、たしかに、田所正志で、一致していた。
JR西日本本社と、北海道警に、衝撃が走った。
トレイン・ジャックは、まだ、終わっていなかったのだ。
大阪府警にも、新たに、一億円の要求があったことが、通報された。
その直後、JR西日本の、秘書室のファックスが、作動した。
出てきた、A4の用紙には、次のような文面が、書かれていた。

《車輌代金の振込先口座を、お知らせします。
F銀行逗子《ずし》支店　普通口座　五一四七×××
株式会社　ライトプレス》

それだけだった。
大阪府警から、権藤警部が、駆けつけてきた。
苦虫《にがむし》を、噛《か》みつぶしたような、表情だった。

「ついに、本番というわけです。前回は、いたずらでした。しかし、今回の犯人とは、同一人物だと、思われます」

「前回のいたずら犯と、今回の実行犯が、同じ人物なのですか？」

　野崎が、きいた。

「前回の騒動では、大阪府警は、マスコミに、さんざん叩《たた》かれました。大々的に、報道されたため、今回は、それを真似《まね》た、模倣犯《もほうはん》かもしれない、といった見方も、できます。しかし、私は、そうは考えていません」

「どうして、そういえるのでしょうか？」

「今回の犯行は、大がかりでです。犯人側は、十数分で、全車輛に、爆薬を仕掛けたといいますし、長野で、現金を引き出しています。にもかかわらず、いまのところ、犯人につながる証拠は、何も残していない。そんな集団が、いたずら事件の模倣など、するはずがありません」

「では、前回の事件は、どういった意味が、あったのでしょう？」

「それは、私にも、判断が、つきかねます」

　権藤が、あっさりと、いった。

「予行演習みたいな、ものだったのでしょうか？」

「ゴム風船二つでは、予行演習にも、なりません。しかし、下見はできます。個室の配置、乗務員の動きと人数など」

「それに、警備陣の動きなども」

「ええ、なんらかの参考には、なったかもしれません」

そこまでいって、権藤警部は、園田社長に、きいた。

「車輛の代金は、支払われるのですか？」

「はい。ＪＲ北海道の相沢社長にも、相談して、決めました。今回も、犯人側は、銀行振込を、指定しています。こちら側に、有利な条件です。車輛爆破といった、事態にでもなれば、新しい車輛や、線路の修復などで、莫大《ばくだい》な費用が、かかります」

「現在、神奈川県警に、振込口座の調査を、依頼していますが、今回の振込先は、人質の身代金のときとは、違います。しかし、その理由は、分かっていません」

その振込口座の、調査結果は、午後になって、神奈川県警から、報告された。

「株式会社ライトプレス」は、一年前に、横須賀《よこすか》の登記所で、登記されており、営業項目には、「出版」もあった。社名に「プレス」が含まれているから、「出版」の項目を、入れたのだろうか。

しかし、「トワイライトエクスプレス」から、「ライト」と「プレス」を抜き出して、くっつけたと、考えるほうが、妥当《だとう》かもしれない。

会社の所在地は、逗子市内にあったが、そこには、すでに、新築のマンションが、建っていた。半年前に、建築されたものだった。

登記の半年後に、マンションが建つことを、知っていた、可能性があった。逗子市内に、土地鑑《とちかん》があったのではないか、ということである。

だが、調べられたのは、そこまでだった。

役員名簿に、記載された人物は、だれ一人、確認できなかった。

名簿の役員が、架空の人間だということではない。本籍地は、合っていたが、それらの人物の行方が、分からなかったのだ。失踪《しっそう》者ばかりだった。

若いほうの男が、使用している、携帯電話の場合と、同じだった。ホームレスなどから、戸籍を入手したと、考えられた。

JR北海道のときと、同じように、JR西日本と、年配の男との交渉があり、車輛代金の一億円が、株式会社ライトプレスの口座に、振り込まれた。

即座に、その口座から、現金五十万円が、引き出された。名古屋市内の、無人のATMからだった。

何もかもが、人質の身代金の、受け渡しと、同じだった。

違っていたのは、現金が、引き出された場所が、長野市内ではなく、名古屋市内だと、いうところだった。

6

午後一時。

「トワイライトエクスプレス」の車輌側面に、取りつけられていた赤色灯が、消えた。

消灯を確認した、指揮官が、警備陣に、前進を命じた。

楯《たて》を構え、厳重に装備した、隊員たちが、列を組んで、前進する。

赤色灯が、点滅することもなく、警報音も、響かなかった。

だが、油断は、できなかった。

犯人が、列車内に、潜《ひそ》んでいるはずだ。

失踪した七名はともかく、昨夜からは、だれ一人として、警備陣の包囲網から、出た者はいない。

レーザーを、解除した人物は、列車内に、残っていなければならない。

人質が解放されたときの、乗降口は、開放されたままだった。
そこから、つぎつぎに、警備隊員が、乗り込んでいった。
一つひとつの個室のドアを、蹴《け》り開ける衝撃音が、続いた。
その音は、隊員が進入した三号車から、左右に広がっていった。
やがて、二人の制服姿の、乗務員が、隊員に支えられながら、地上に降り立った。
二人とも、手錠を、かけられていた。
車内の犯人の捜索は、不発に終わった。
犯人は、忽然《こつぜん》と、姿を消していた。
爆発物処理班が、車輛の下に、装着された、爆薬を回収していった。
三十センチ四方で、厚さ二十センチの箱が、十個あった。
鑑識の結果、爆発物ではなかった。轟音《ごうおん》と白煙が出るだけの、装置だった。

第三章　七人の失踪者《しっそう》

1

隊員たちが、いっせいに、列車内に突入して、捜索したが、犯人の行方は、杳《よう》として、分からなかった。

その報《しら》せは、事情聴取を行っている、最寄りの警察署にも、伝えられた。

人質が、百名を超えていたので、警察署の体育室が、事情聴取の場に、当てられていた。

そこに、犯人が行方不明、という情報がもたらされた。

聴取を始めたばかりの、警察官たちに、緊張感が、みなぎった。

列車内に、犯人が見つからなかったら、犯人グループは、乗客にまぎれ込んでいる、と考えざるをえない。

あの包囲網をくぐって、脱出をはかることは、不可能だったはずだ。

包囲網を敷いたあとも、犯人は、レーザー装置を、作動させている。遠隔操作ではなかった。そのような電波が飛べば、警備陣は、確実にキャッチする。

とするなら、やはり、失踪した七人のほかに、人質にまぎれ込んだ、犯人がいるのだ。

犯人グループのだれかが、体育室に集められた、目の前の集団のなかにいる⁉

警察側も、混乱し、動揺していた。

事情聴取の指揮をとっていた、道警の佐々木警部が、人質だった乗客たちに、説明を始めた。

「みなさんから、聴取した内容で、プライバシーに関する事柄は、事件解決後には、破棄《はき》することを、お約束します。ですから、氏名、年齢、現住所、本籍地、個室番号、職歴、学歴などについて、できるだけ詳しく、話してください」

「過去の職歴や、学歴もですか？」

三十代だと思われる男性が、質問した。

「ええ。お願いします。また、これはまだ、公表されていませんが、乗客の方々のうち、現在、七名の方の所在が、確認されていません。その七名の方について、何か、お気づきの点があれば、それもおきかせください。よろしく、お願いします」

そういって、佐々木警部は、頭を下げた。

「所在が、分からないってことは、行方不明、ということですか？」

先ほどの、三十代の男性が、いった。

「断定はできませんが、現状では、そういうことです」

「じゃあ、その七人が、犯人なんですね？」

「それも、現時点では、断定できません。可能性は、否定しませんが、犯人側が、拉《ら》致《ち》したとも、考えられます」

「われわれは、身上書《しんじょうしょ》みたいなものを、求められていますが、それは、われわれのなかに、犯人と通じている者がいると、疑っておられるからですか？」

五十代の、男性が、いった。

「ご存じのように、捜査にあたっては、すべての可能性を、視野に入れています。そのところを、ご理解ください。ですから、身分証明になるようなものを、お持ちの方は、ご呈示《ていじ》ください。ご呈示いただければ、われわれとしても、助かります」

佐々木警部の、ことばは、丁重《ていちょう》だったが、言外《げんがい》には、威圧《いあつ》がこめられていた。

最後まで、人質として、囚《とら》われていた、二人の乗務員は、佐々木警部が、聴取した。

この二人が、もっとも長く、そして、いちばん最後まで、犯人グループと、一緒だったのである。

二人は、横田健夫《よこたたけお》、四十八歳と、江上由紀夫《えがみゆきお》、三十歳だった。

横田健夫は、勤続三十年の、ベテラン車掌であり、江上由紀夫は、一年前に、JR北海道に再就職した、若手車掌だった。

二人の供述を、合わせると、事件の経過は、つぎのようになった。

「トワイライトエクスプレス」が、砂原線に入って、すぐだった。

車掌室のドアが、ノックされた。

乗客が、何かの依頼に、来たのだろうと、江上が、ドアを開いた。

二人の、若い男が、立っていた。

どちらも、黒い目出し帽で、顔を隠し、黒い手袋を、はめていた。ジャンパーも、ズボンも黒かった。

手にピストルを持ったほうが、江上の胸に、それを押しつけて、車掌室に、入り込んできた。

入ると同時に、後ろの男が、ドアを閉めた。

「騒がなければ、手荒な真似はしない。だが、抵抗すれば、即座に射殺する」

押し殺した声で、男がいった。無理につくった、しゃがれ声だった。

「もうしばらくして、非常停止ボタンを、押してもらう。そして、運転士に、線路に、異常音がきこえたので、点検する、と伝えるのだ」

それから、男は、横田と江上に、深呼吸をさせた。声が震えていては、運転士に、怪しまれるからだ。

しばらくして、非常停止ボタンを、押せと、男が合図した。

人質から、解放されたあとで、分かったことだが、渡島沼尻駅を、通過した、直後のことだった。

停止ボタンは、江上が押した。運転士への連絡と、車内放送は、横田が行った。

渡島沼尻駅の、先には、広大なゴルフ場があった。日没後は、人影がない。

線路に並行して走る、道路のほうから、ＪＲの制服姿で、十人ほどが、やってきた。車輌近くで、何か、作業を、しているようだった。

横田は、そこで、ガムテープで、口を塞《ふさ》がれ、後ろ手に、手錠をかけられた。江上は、後ろから、男に、服に隠したピストルを突きつけられながら、運転席に、向かった。

残った男は、横田の脚《あし》を、ガムテープで、椅子《いす》に固定すると、二人のあとを、追った。

運転席から、降ろされた、運転士は、客車に移された。

ここまで、わずかに、十五分くらいだった。

車掌室に戻った、男たちは、まず、横田を椅子に固定していた、ガムテープを取った。手錠は、はずさなかった。

江上も、手錠をかけられたが、前手錠だった。

二人の手錠は、チェーンで、ドアノブに、つながれた。

「お前には、携帯電話を、渡しておく。これ以後、この携帯を通じて、お前に指令する」

そういって、江上に、携帯電話を、持たせた。

さらに、両手に乗る大きさの、四角い箱を、江上に渡した。四つの押しボタンと、スイッチが一つ、付いていた。

「このボックスは、扱いを間違うと、全車輛が、ぶっ飛ぶだろう。さっき、仕掛けた、爆弾のスイッチだ。指示に従っていれば、爆発することはない。勝手にいじるなよ」

男は、いった。

江上がうなずくと、

「これからは、泣こうが、喚《わめ》こうが、自由にしていい。しかし、われわれが、設置した、爆弾の、柵《さく》のなかからは、出られない。もし乗客に、パニックでも起きれば、いつ何時《なんどき》、爆発するかもしれない。この意味が、分かるな？」

男が、二人に、いった。

二人の車掌は、このとき、乗客の、安全を図るには、車内を平静に、保つしかない、と思ったという。

そのあと、男は、トレイン・ジャックしたことを、車内放送した。

男は、引き揚《あ》げるとき、もう一度、

「われわれ二人は、引き揚げるが、車内には、仲間が残って、見張っている。乗客にまぎれているので、分からないだろうが、オレは、ウソはいわない」

そういって、車掌室から、出て行った。

2

男からの、指示の電話が、入ったのは、翌朝だった。

江上は、指示されたとおりに、ボックスのボタンを、操作した。

車内の人質が、解放されて、出て行った。

もう一度、指示の電話があり、ボタンを操作した。

さらに、二時間が経過して、ボタンを押すように、といってきた。

そこで、横田と江上も、特殊部隊に、救出されたのだった。

結果としては、爆弾騒ぎは、狂言だった。

しかし、乗客の安全を、第一にするなら、犯人の指示に、従わざるをえなかったのである。


一方、解放された、人質たちが、供述した乗車室番号を、照合した結果、失踪《しっそう》した七人の、居室が、判明した。

二号車・A寝台二人用個室「スイート」二名。

五号車・B寝台二人用個室「ツイン」三名。

六号車・B寝台二人用個室「ツイン」二名。


合計七名だった。

五号車の「ツイン」が、三名、というのは、オプションで、一名、追加していたからである。

この七人の失踪者が、犯人グループなのか？

北海道警でも、意見が分かれた。

「車内放送で、犯人がいったように、犯人グループの一部は、列車内に、残っていたと、思われます。しかし、B寝台『ツイン』の五人は、犯人グループだと、思いますが、A寝台『スイート』が、引っかかります。乗車券が、なかなか手に入らない、部屋です。料金も、特別に高い。犯人が使用するとは、考えにくいのです」

若い刑事が、いった。

「では、『スイート』の客は、どういう理由で、消えたんだ？」

佐々木警部が、きき返した。

「それは、まだ、分かりません」

「後ろ暗い人間か？　もし、ほかの犯罪にかかわる、人間だとしても、犯人グループの、承諾がなければ、外には、出してもらえないだろう？　そんなに、都合良く、いくと思うか？」

「お金でも、渡した、とか」

「犯人は、合計で二億円、手に入れている。たかだか、旅行者の、ポケットマネーで、脱出させてくれるだろうか？」

「たしかに、その線では、きついですね」

「君が、納得がいかない、というのも、よく分かる。しかし、現段階では、犯人グループが、『スイート』にも乗っていた、と考えるしかない。いちばんの大物が、いたのかもしれない」

北海道警の判断は、ほぼ、その線に固まっていた。


ところが、それを引っくり返す事態が、起こった。

人質が解放された日の夜、失踪者のうち、二人の男女が、小樽《おたる》市内の交番に、救助を、求めてきたのである。

男性は、広田良治《ひろたりようじ》、六十一歳、女性は、広田麻子《あさこ》、五十七歳。二人は、夫婦だった。

「トワイライトエクスプレス」から誘拐され、翌日の日没後、小樽市郊外の山中で、解放されたと、語った。

事態の急展開に、道警は、色めきたった。

犯人と、思われていた、七人の失踪者のうち、少なくとも、二人は、誘拐された、被害者であった。そうなると、残りの五人も、いちがいに、犯人だと、決めつけられなくなる。

事件は、錯綜《さくそう》していた。ゴム風船爆弾、トレイン・ジャック、人質の身代金奪取、列車の車輛代金奪取、乗客二人の誘拐……。

そして、行方不明者は、まだ、五人も残っている。

犯人の見当すら、ついていない状況で、事件が、さらに続く恐れがあった。

小樽署で、事情聴取を行った、道警の佐々木警部に、広田夫妻は、つぎのように、供述した。

広田夫妻は、東京の巣鴨《すがも》に、住んでいる。広田良治は、ハイヤーの運転手をしている。

昨年、夫の良治が、還暦を迎えた記念に、夫婦二人で、旅行に行くことを計画した。

行きは、東京の羽田から、飛行機で札幌に行き、帰りは「トワイライトエクスプレス」に、乗った。

夫の良治は、酒やギャンブルとは無縁の、まじめ人間である。妻の麻子も、近所のスーパーで、レジ係として働いていた。二人の生活は、絵に描いたような、ごく質素なものだった。だから、還暦の祝いに、少しは贅沢《ぜいたく》をしてみようと、「トワイライトエクスプレス」に乗ることにしたという。

住まいが、東京の巣鴨なのに、日本海側を南下する、「トワイライトエクスプレス」を選んだのは、京都に、親戚《しんせき》が、いたからである。良治の叔父にあたる、その親戚は高齢で、会えるうちにと思い、訪ねる予定だった。

トレイン・ジャックが、起きたときは、一号車の、A寝台二人用個室「スイート」にいた。豪華寝台特急の、最上クラスの部屋だ。

広田夫妻が、乗車券を購入した、部屋ではない。広田夫妻は、B寝台二人用個室「ツイン」を、購入していた。

偶然が、重なったのだ。

広田夫妻は、もの珍しさもあって、サロンカーで、展望を楽しんでいた。そこに通りかかったのが、ある会社の社長だった。広田良治は、その会社社長に、専属で雇《やと》われている、ハイヤー運転手だった。社長とは、日ごろから、親しく、接していた。

会社社長が、最上クラスの個室に、乗車していると知って、

「一度は、そんなお部屋に、足を踏み入れたいものですね」

と、お世辞《せじ》のつもりで、いったところ、

「おお、そうか。いいよ、見せてあげよう。わしは、夕食の予約をしているので、二時間ばかり、家内と、食堂車に行っている。その時間に、君たちご夫婦で、くつろいでいればいい。君には、いつも遅くまで、世話をかけているんだ。遠慮はいらんから」

広田良治の、人柄を知っている、会社社長は、気さくに、いってくれた。

はじめは、遠慮していた、広田夫妻も、会社社長の、重ねてのすすめに甘えて、留守番代わりに、しばらく、在室させてもらうことになった。

そして、トレイン・ジャックが、起きた。

黒い目出し帽の男が二人、突然、押し込んできて、粘着テープで、口を塞ぎ、両手をしばって、降ろされた。男たちは、若かった。

目隠しもされて、小型のワンボックスカーの、後部座席に、押し込められた。

助手席の男が、おとなしくしていれば、手荒なことはしない、といった。実際に、手荒な目には、遭《あ》わなかった。
五、六時間走っただろうか。人家に連れ込まれた。
そこで、目隠しと、口の粘着テープを、外された。

助手席にいた男が、身代金をいただくと、いう。一人につき、一千万、二人で二千万円ということだった。

そんな、お金はない。支払う金なんてない、というと、豪華寝台特急の、A寝台「スイート」に、いたじゃないかと、返ってきた。

偶然、あの部屋にいたのだと、事情を説明した。

良治の説明を聞いていた二人の男は、途中から、笑い出した。腹を抱《かか》えて、ゲラゲラと、笑った。

不思議だった。身代金が取れないと、分かっても、険悪な空気には、ならなかった。

良治は、直感したという。誘拐犯二人の目的は、身代金の強奪では、ないのではないか？　金にこだわっている雰囲気ではなかった。

妻の麻子も、そういった空気を感じ取ったようで、くつろいだ表情になった。

「身代金のことは、もういい。忘れてくれ。二人は、解放する。ただし、明日の夕方だ。それと、解放するのは、山のなかだ。一時間半ほど歩けば、人家に出る。われわれにも、時間が、必要なんだ」

男たちは、そのことばを、守った。

広田夫妻の供述は、以上のようなものだった。

3

翌日の午前九時十分。

警視庁の十津川のもとに、田所正志の銀行口座に、二千万円が振り込まれたと、連絡があった。

連絡をくれたのは、K銀行渋谷支店の、支店長からだった。

すでに、十津川は、田所正志の銀行口座について、監視していることを、銀行側に、伝えてあった。銀行からも、協力するとの、申し出があった。

振込人は、根本啓次郎《ねもとけいじろう》。新宿にあるQ銀行の支店からだった。

十津川は、今回も、西本と日下の、両刑事を、Q銀行新宿《しんじゆく》支店に、向かわせた。

「トワイライトエクスプレス」の、トレイン・ジャック事件では、警視庁は、後方支援の役回りだった。

狂言だった脅迫状が、東京中央郵便局から、投函《とうかん》された。また、同じく狂言だった、「のぞみ21号」を爆破するという電話が、JR東海の東京本社に、かかってきた。そして、人質の身代金の、振込口座が、K銀行渋谷支店にあった。

これら三件しか、事件との、直接的な、かかわりはなかった。

事件の推移は、各道府県警から、逐一《ちくいち》、知らされていたが、事件そのものの捜査に、関与することはなかった。

それが、十津川には、歯がゆかった。

しかし、状況は、変わりつつあった。

Q銀行新宿支店から、K銀行渋谷支店の、田所正志の口座に、二千万円が振り込まれたのである。

振込人の根本啓次郎は、東京圏の人間である可能性が、高かった。

午前十時前。

Q銀行新宿支店へ行っていた西本から、電話があった。

「二千万円が、振り込まれたのは、本日の午前九時ちょうど。インターネットでの、振り込みでした。その直後に、残高確認が、されています。確認場所は、大阪市内の、無人ATM。これまでと、まるっきり、同じ手口です」

「振込人の、根本啓次郎について、何か分かったか？」

「根本啓次郎の、現住所は、世田谷《せたがや》区です。根本の口座は、三十二年前に、開設されています。旧R銀行時代からのものです。裕福な人物のようで、常時、二、三千万円程度の金額は、普通口座に、置かれているようです」

「ほう。普通口座に、いつもそれくらいの金額を、置いておくなんて、資産家かもしれないね。それじゃあ、根本啓次郎の自宅に、回ってくれ。会社勤めなら、本人は、不在かもしれないが、家族がいるだろう」

十津川が、西本に、指示した。

それから四十分後、西本から、十津川に、電話が入った。

「根本啓次郎の、自宅に、着きましたが、本人は、不在でした」

「家族は？」

「家族も、不在です。お手伝いの、女性がいました。根本啓次郎は、奥さんと一緒に、今朝の九時半ごろ、家を出たそうです」

「会社に、出かけたのか？」

「いいえ。お手伝いにきいた会社に、連絡しましたが、今日は、急用で、会社を休む、という電話があったそうです」

「なんという会社だ？」

「根本フーズです」

「根本フーズ？　じゃあ、根本啓次郎は、経営者なのか？」

「専務だそうです」

同族会社なのかもしれない。

「それで、根本夫妻が、どこへ行ったのか、お手伝いは、きいていないのか？」

「はい。きいていないそうです。慌《あわ》ただしい、感じだった、といいます」

「ほかには、何か？」

「根本の妻は、出かけるとき、いったそうです。『もしかしたら、帰りが、遅くなるかもしれない。そのときは、先に帰ってくれ』と」

「遅いとは、何時ごろを、指すんだ？」

「お手伝いは、いつもは、夕食の、下準備をすませて、午後六時前には、根本の家を、出るそうです」

田所正志の、銀行口座に、二千万円を振り込んだ、根本夫妻が、慌ただしく、出て行ったという。二千万円を、振り込んだあとも、何かあったのだろうか？

「ご苦労だった。戻ってきてくれ」

十津川は、西本に、いった。

昼を過ぎたころ、受付から、根本啓次郎と名乗る人物が、十津川に、面会に来ている、といってきた。

「カメさん、根本啓次郎の、お出ましだ」

十津川は、亀井に声をかけて、来訪者を待った。

捜査一課に、入って来たのは、三人だった。

五十代半ばと、もう少し年配の男性の二人。顔立ちが似ているので、たぶん、兄弟だろう。

その後ろに、二十代後半に見える女性が、続いていた。

先に入って来た、五十代半ばの男性が、口を開いた。

「根本啓次郎と申します。後ろにいるのが、私の兄の、根本啓太郎《けいたろう》、そして兄の娘の、根本美由紀《みゆき》です」

根本啓次郎の妻は、いなかった。先に、自宅に帰ったのだろうか。

「あなたですか？　今朝、Q銀行の新宿支店で、振込手続きをなさったのは」

「はい。私です。では、もうそこまで、お調べになっていると、いうことですね？」

「身代金、ですか？」

「おっしゃるとおりです」

「お話を、うかがいましょう。どうぞ、おかけください」

十津川は、三人に、応接用のソファを、すすめた。亀井も、十津川の隣の席に、座った。

「兄と私は、ファーストフードのチェーン店を、経営しています。兄が社長で、私が、専務を務めています。姪《めい》の美由紀は、私どもの秘書です。チェーン店は、全国で五十六店舗あります」

啓次郎が、自己紹介といった形で、会社の規模を話した。

それだけで、十津川たちには、三人の経済状況が、推測された。

「根本啓太郎さんと、美由紀さんは、どういう経緯で、『トワイライト』に、乗車されたのですか？」

十津川は、兄の啓太郎に向かって、きいた。

「『トワイライト』には、食堂車が、ついています。前に一度、私は、あの列車に、乗っています。そのとき、食堂車で、食事をしたところ、値段のわりに豪華で、美味《おい》しかった。そのとき、列車の料理長が、まもなく定年で、退職するとききました。そこで、娘の美由紀と一緒に、もう一度、食堂車で、食事をし、美由紀にも味を確かめてもらい、気に入ったら、料理長を、会社に採用したいと、考えました。それで『トワイライト』に、乗車したのです」

「分かりました。誘拐されたときのことを、お話しください。できるだけ、詳しく、お願いします」

北海道警の、佐々木警部が、広田夫妻から、聞き取った内容は、警視庁にも、報告されていた。しかし、犯人につながる、決定的な証言を得ることは、できなかったようだ。

根本父娘《おやこ》の証言に、期待がかかった。

「列車が、急停止したとき、私たちは、まだ、個室にいました」

「どのお部屋でしたか？」

「二号車の『スイート』です」

「『スイート』は、一号車と二号車に、各一室しか、ありませんね？」

「そうです。人気があって、なかなか、切符が入手しづらいのですが、美由紀が、予約してくれました。それで、予約した食事の時間は、始まっていたのですが、私が、仕度《したく》に手間取り、少し遅れたのです。停車した直後に、男二人が、侵入してきました」

「ドアに施錠《せじよう》は？」

「もちろん、鍵《かぎ》は、かけていました。ところが、ノックとともに、『車掌ですが』と、声をかけられ、急停止したこともあって、ドアを開けてしまったのです」

広田夫妻の場合は、会社社長に遠慮して、施錠していなかった、といっている。

「二人組の、人相や、特徴は？」

「人相は、分かりません。目と口のところだけ出した、覆面をしていましたから」

「目出し帽と、いわれているものです」

横から、美由紀が、つけ加えた。

「びっくりして、声も出ませんでした。すぐに粘着テープで、口を塞がれました。両手も、しばられました」

それから、犯人たちのとった行動は、広田夫妻の場合と、ほぼ同じだった。

「大型のワンボックスカーの、後部座席を倒して、荷台にしたところに、押し込められました」

「犯人たちは、何か、話しましたか？」

「とくには、なかったです。おとなしくしていれば、無事に帰すとは、いいました」

「手荒な真似は？」

「それは、ありませんでした。紳士的といっていいくらいでした」

ここも、広田夫妻と、同様だった。

そのあと、一時間ほど走って、人家に連れ込まれた。

啓太郎は、すぐに、弟の啓次郎に、連絡をとった。

啓次郎は、翌朝一番に、身代金二千万円を、振り込むと、犯人たちに、確約した。

さらにその翌朝、七時過ぎと、思われる時刻に、啓太郎父娘は、人家を出された。

ふたたび、口を塞がれ、手足をしばられ、目隠しもされた。

二時間ほど走って、ワンボックスカーは、停車した。

「飛行場に近いと、感じました。ときおり、飛行機の、発着音が、きこえてきましたから。男たちも、そういいました。身代金の振り込みを、確認すれば、解放する。空港の入り口まで、歩いて、十五分くらいだとも、いいました」

啓太郎が、いう。

九時少し過ぎ、父娘は、解放されたという。新千歳空港の滑走路の、端《はし》のあたりだった。

「男たちは、どうしましたか？」

十津川が、きいた。

「空港の、駐車場方向に、ワンボックスカーで、走り去りました」

現場から、すぐに遠ざかるのではなく、駐車場に、向かったらしい。

とすれば、考えられることは、二つだ。だれかを待たせていたのか、車を乗り換《か》えたか。

そのどちらにしても、ワンボックスカーを、乗り捨てた、可能性がある。

十津川が、合図を送ると、亀井が立ち上がった。

北海道警の、佐々木警部を、電話で呼び出し、駐車場の捜索を、依頼するためだった。

「とにかく、空港まで歩きました。私は、足が遅いので、二十分ほど、かかりました。携帯電話は、犯人に、取り上げられて、いましたので、空港の、公衆電話から、弟に、私たちの無事を、報《しら》せました」

「それから、真っ直《す》ぐに、東京に？」

この時刻に、警視庁に出頭してきたのなら、そうとしか、考えられない。

「本来は、北海道の警察に、出頭すべきなのでしょうが、ちょうど、羽田行きの便が、ありました。あと先も考えず、東京に、帰って来てしまいました。心身ともに、疲れ果ててました」

北海道警の佐々木警部の、憮然《ぶぜん》とする顔が、想像できた。貴重な供述を、聴取できる機会を、失ったのだから。

「事情は、お察しします。いま、おききしたことは、私どもから、道警に、詳しくお伝えしておきます。ただ」

といって、十津川は、根本啓次郎に、向き直った。

「ただ、身代金を、振り込む前に、ひと言、ご連絡が、ほしかった。残念です」

十津川のことばに、啓次郎は、うつむいてしまった。

4

七人の行方不明者のうち、四人の身元と生存が、判明した。残るのは、五号車のB寝台二人用個室「ツイン」の乗客三人だった。

広田夫妻も、根本父娘も、ともに、最高クラスの「スイート」にいた。彼らを拉致したのは、身代金目当てだったことが分かる。

ところが、残る三人は、もっと下のランクの、Ｂ寝台の「ツイン」である。しかも、オプションとして、三人で使用している。身代金目的で、誘拐するターゲットとしては、ふさわしくない。

三人は、犯人グループの、一員なのだろうか？

もし、三人が、拉致被害者であるなら、所在が、分かっても、いいころだった。

根本父娘の場合は、事件発生の、数時間後には、根本啓次郎に、連絡がとられている。

それなら同じように、行方不明の三人の縁者にも、連絡が取られたはずだ。

身代金を、払えるかどうかは、別として、支払えば、解放されるだろうし、支払えなければ、広田夫妻と同じように、どこかに、放り出されていると、思われる。

だが、いまだに、所在が、明らかにならないということは、三人は、犯人グループの、可能性があった。

北海道警は、その方向で、捜査を進めた。

第四章　消えた元大統領

1

「北海道警の捜査は、なんだか、行き詰まっているようですね？」

亀井刑事が、十津川のデスクに、やって来て、話しかけた。

「犯人グループの、巧妙さもあるが、人質が、百四十人以上もいる。そのなかに、犯人側の人間が、まぎれ込んでいる可能性も、あるというんだろう？」

「子どもや、高齢の乗客を、除いても、数十人の容疑者がいます」

「その一人一人を、丹念に追跡するのは、なみたいていのことじゃない。われわれと、置き換《か》えて、考えてみればいい。ここの刑事全員で、捜査にあたっても、一カ月や二カ月は、すぐに経《た》ってしまう」

「といっても、一つの事件ばかりに、かかわっているわけにも、いきませんしね」

「それに、なんといっても、犯人グループの、行動範囲が広い」

「いま現在で、多少でも、事件にかかわっている都道府県警は、六つにものぼります。北海道警、大阪府警、愛知県警、長野県警、神奈川県警、それに、われわれもです」

「連携《れんけい》して、犯人を追跡するといっても、この縦割りの組織じゃ、そう簡単には、いかないよ。ちょっとした、捜査依頼でも、いちいち、上を通さなきゃいけない」

「それに、『ここまでは、お願いします、それ以上は、勝手に、踏み込まないでください』、なんていわれて」

「いじましい、縄張り意識だな」

「警部。そのへんで、やめときましょう。なんだか、切なくなってきました」

「カメさん。どこかで、酒でも飲んで、憂《う》さを晴らそうか?」

「おや、珍しい。警部が、そんなことをおっしゃるなんて」

「ははっ、冗談だよ、冗談」

「いえいえ、本気っぽく、きこえましたよ」

亀井が、笑った。

そこに、若い刑事が、十津川を、呼びに来た。

「三上刑事部長が、お呼びです。すぐに、いらしてください、とのことです」

急用とは、何だろう？

訝《いぶか》しく思いながら、十津川は、三上の部屋に、向かった。

部屋に入ると、三上と、もう一人、中年の男性が、待っていた。テーブルには、テイーカップが、二つ並んでいる。

一目《ひとめ》見て、キャリアだと、思った。

聡明《そうめい》そうな容貌《ようぼう》に、上等の背広姿、金縁眼鏡《きんぶちめがね》と、きっちり固めた髪型。まるで、典型的な、官僚のイメージだった。

男性が差し出した、名刺には、

《外務省　アジア大洋州局

南部アジア部　南東アジア第一課

課長　山野辺恭《やまのべたかし》》

と、あった。

「十津川君、はじめに、いっておく。いまから、山野辺さんが、話される内容は、機密事項だから、そう、心得ていてくれ」

三上が、先に、念を押した。

総務課の女性が、十津川の分の、ティーカップを置いて去ると、

「トレイン・ジャックされた『トワイライト』の乗客のなかに、日本国にとって、大事な人物が、いらっしゃったんです」

山野辺は、いきなり、話を切り出した。

十津川には、VIPの乗車は、初耳だった。解放された、人質たちからの、聴取でも、そんな人物は、浮かんでいない。

「どういう方でしょうか?」

「いまから五年前に、東南アジアのR国で、軍部によるクーデターが、あったのを、ご記憶でしょうか?」

「はい。正確にではありませんが、当時の大統領が、国外に亡命されたと、思いますが」

「グエン大統領です。民主化の象徴として、国民投票で選ばれた、大統領でした。その、グエン大統領が、『トワイライト』に、乗っておられたのです」

「しかし、救出された人質のなかには、それに該当する人物は、おられなかったと、思いますが。もしかして……?」

「そうです。現在、グエン大統領の所在が、分かっていません」

「『トワイライト』の乗客のうち、人質を救出したときに、行方の分からなかった方が、七名、いらっしゃいました。そのうち、一組のご夫婦と、もう一組、父娘が、名乗り出てきました。残り三名の行方が、分かっていません」

「その三人が、グエン氏の、一行なのです」

「五号車のB寝台『ツイン』に、オプションとして、もう一人加えて、合計三人です」

「そうです。間違いありません。私どもで、乗車券を、手配しましたので」

「経緯を、詳しく、おきかせください」

「先ほど、三上部長刑事も、おっしゃっていましたが、これから、お話しする内容は、外交上の機微《きび》に触《ふ》れることでも、あります。あくまでも、十津川さんお一人の、胸のうちに、おさめておいていただかねば、なりません」

官僚特有の、持って回った、いい方だった。

「承知しております」

十津川は、答えた。

「五年前のクーデターで、出国を余儀《よぎ》なくされたグエン氏は、亡命先に、日本を選ばれました。そして、北海道の知人の牧場に、滞在しておられました」

「北海道の、知人宅ですか？」

「グエン氏の母方の祖父は、日本人なのです。お祖父さんは、元日本兵でした。ですから、グエン氏は、いわゆるクオーターになります。お祖父さんは、日本の敗戦後も、帰国せず、現地に残って、R国独立のために、西欧の軍隊と戦われたのです。そうした元日本兵は、東南アジア各地に、たくさん、いらっしゃいます。大東亜共栄圏構想の、良質な部分だと、思います」

外務省の、役人らしい、発言だった。

「話を、元に戻します。お祖父さんが、R国独立のために、つくされたこともあって、グエン氏が、民主化の旗頭と、なりました。そして、それまでの王制を改革し、国民による選挙で、国政の責任者が、選ばれるようになりました。その初代大統領が、グエン氏でした。十年前のことです」

二十世紀の終わりから、二十一世紀初頭にかけて、世界中で、民主化の動きが、活発になった。R国も、その一つだった。

「お祖父さんのこともあって、グエン氏は、親日家です。いくつかの、経済協力協定を、日本と結びました。日本も、R国の、豊富な地下資源に、注目していました。石油も出ますし、ことに、レアアースの埋蔵量は、東南アジア随一《ずいいち》といって、いいでしょう」

「両国の利益が、一致していたのですね」

十津川が、ことばを、はさんだ。

「そうです。ODA、つまり、日本国からの開発援助を受け、インフラが整備され、学校が、いくつもつくられました。中国やインド、ブラジルといった、新興国の、経済成長ほどではありませんでしたが、東南アジアの国としては、急速に、工業化が進みました」

「それが、どうして？」

「経済が、発展すれば、相対的に、軍事部門の影響力は、低下していきます。そのことに、危機意識を抱《いだ》いた、軍部が、クーデターを、決行したのです」

「経済成長によって、生まれた富を、収奪する狙《ねら》いも、あったんでしょうね？」

「もちろんです。手に入れた財貨は、軍備の拡張に、費《つい》やされました。そして、突然の軍部のクーデターに、グエン氏ら民主派は、圧倒され、グエン氏は、日本に亡命されました」

「最近のニュースでは、R国の政情が、不安定になったと、聞いていますが」

「クーデター以後、軍部独裁政治を行ってきた将軍が、二カ月前に、病死しました。将軍は、この五年、自身の地位をおびやかす、ナンバー2候補を、つぎつぎに、粛清《しゆくせい》しています。ですから、将軍を失った軍部には、人材がないのです。軍部独裁となって、西欧諸国による経済封鎖もあり、国力は、グエン氏時代の半分にまで、落ち込みました。もはや、軍部に、国を支える力は、ありません。そこでまた、グエン氏の大統領復帰を切望する、国民の世論が、湧き上がってきたのです」

「それを、外務省は、援護しようと、いうことですか？」

「民主化を手伝う、という、大義名分があります。もちろん、さまざまな方面での、日本国の国益にも、かなうことですから」

「R国の情勢については、分かりました。外務省としては、グエン氏が、早期に帰国し、大統領に復帰するための準備に、手をつけられたと、いうことですね？」

「そう、ご理解いただいて、けっこうです」

2

「では、今回の事件に、関係しての、グエン氏の具体的な動向を、お教え願えませんか？」

十津川としては、R国の政情よりも、そちらのほうが、知りたかった。

「グエン氏は、北海道の日高《ひだか》地方の、ある牧場に、匿《かくま》われていました。匿う、と表現するのは、グエン氏に対するテロ行為が、迫っていたからです」

「テロ行為ですか？」

十津川は、初耳だった。

「日本に亡命したとはいえ、軍事政権下でも、グエン氏の人気は、まだまだ、根強いものが、ありました。経済封鎖によって、目に見えて国力が、衰《おとろ》えていくのですから、国民の心が、軍事政権から、離れていきます。やがて国民が、軍政に敵対するようになるのは、政権自体が、ひしひしと、感じていました。そうした国民感情を、一つに結び付ける結節点《けっせつてん》が、グエン氏でした。当然、軍事政権は、グエン氏の抹殺《まっさつ》を、企《くわだ》てます。一度、滞在先の牧場で、かなり遠くからですが、銃撃を、受けたことがあります。幸い、大事には、いたりませんでしたが、それ以来、われわれは、警備を、さらに強化しました」

「では、グエン氏が、日本に亡命されてからずっと、警備をされてきたのですか?」

「もちろんです。日本に亡命した、民主派の要人が、殺傷されるようなことがあれば、日本国のメンツは、丸つぶれですから」

隠密裏《おんみつり》に、こういった、警備を受けている要人は、日本には、どのくらい、いるのだろうかと、十津川は、思った。

「ひと月ほど前、グエン氏が、大統領だったときの、側近中の側近が、来日しました。国内で息をひそめていた、元副大統領の、秘密書簡を、たずさえてです」

「元副大統領は、亡命しなくても、無事だったのですか?」

「元副大統領には、グエン氏ほどの、カリスマ性は、ありません。ですから、おとなしくしてさえいれば、国内にいることも、許されていました。秘密書簡には、グエン氏の帰国が、可能かどうかの打診と、R国内の情勢分析と、新政権の、政権構想が、記《しる》されていました。その書簡に対して、グエン氏が、どう対処すると、決められたのか、われわれには、分かりません」

とはいうが、外務省のエリートに、推測がつかないはずはないと、十津川には、感じられた。

「現在、元副大統領の密使が、京都に、滞在しています。グエン氏と密使の、会談次第で、グエン氏の帰国、大統領復帰も、ありうるのです。そのために、グエン氏は、北海道を出て、『トワイライト』で、京都に向かうことを、決意されました」

「なぜ、『トワイライト』を、選ばれたのでしょう？　『トワイライト』は、札幌—京都間で、二十二時間十分もかかります。飛行機なら、新千歳空港から、伊丹《いたみ》空港まで、一時間四十五分、伊丹空港から、京都までのバスが、約一時間。ですから、三時間弱で、到着します」

「もちろん、長時間かけての移動には、リスクがともないます。京都へ向かうには、三つのルートが、検討されました。飛行機と、新幹線と、寝台特急です。時間で選べば、飛行機、新幹線、寝台特急の順です。しかし、空港は、基本的に、搭乗口は、一つです。必ず、そこを、通らなければ、なりません」

「テロを警戒するという、観点からいえば、致命的な、リスクですね」

「そのとおりです。つぎに、新幹線と、寝台特急を、比《くら》べれば、新幹線を利用するには、乗り換《か》えが、必要です。一方の、寝台特急には、乗り換えが、ありません。しかも、いったん乗ってしまえば、個室です。時間の長さの、マイナス要因は、あっても、やはり、寝台特急が、もっとも安全だろうと、判断しました」

「五号車のB寝台『ツイン』には、三名の方が、乗車されています。グエン氏のほかには、どなたが、いらっしゃいましたか？」

「グエン氏の秘書と、護衛役の、二人です」

「その三人は、間違いなく、『トワイライト』に、乗車されたのですね？　乗車されるふりをして、他の交通機関に、乗り換えられた可能性は、ありませんか？」

「それは、ありえません。私自身が、手荷物をお持ちして、お部屋まで、ご案内しました。そして、出発時刻まで、プラットホームにとどまり、お見送りしましたから」

山野辺は、きっぱり、いい切った。

「じつは、これまでの捜査で、身代金奪取のために、誘拐された人物は、最高クラスの、A寝台二人用個室『スイート』の乗客だと、分かっています。その豪華個室は、一号車と二号車に、各一部屋あります。つまり、全車輛のなかに、二部屋しか、ありません。そこの乗客を、犯人グループは、狙い撃ちに、しています。ところが、グエン氏一行は、もっと、下のクラスのB寝台『ツイン』に入っておられた。なのに、誘拐された、ということが、不思議なのです」

「十津川さんは、グエン氏一行が、誘拐されたのは、身代金強奪が、目的ではなく、もっと、ほかの理由が、あったのではないかと、おっしゃるのですか？」

山野辺が、表情をくもらせて、きいた。

「いえ、まだ、そこまでは、分かりません。しかし、先ほど、山野辺さんが、話されたような、別の動機も、考えられる、ということです。その場合、誘拐犯は、グエン氏だと、知っていたことになりますが」

「しかし、だれが、グエン氏だと、特定できたのでしょうか？　グエン氏のお祖父さんが、日本人でしたので、ちょっと見では、日本人と、見分けがつきません。それに、変装もしておられました」

「五年前の、クーデターのとき、グエン氏の顔が、テレビでも、流されましたし、新聞にも、大きく出ました。それを記憶していた人も、いるでしょう」

「R国は、東南アジアの、小さな国です。たしかに、グエン氏の顔写真は、出ましたが、他の国家元首とは、比較にならないくらいの、回数です。十津川さんは、五年前の、S国やI国、F国の、国家元首の顔を、記憶しておられますか？」

「そういわれれば、そうですが……。グエン氏は、日本語は？」

「大変、流暢《りゅうちょう》です。訛《なま》りのない日本語を、話されます」

十津川は、「うーん」と、唸《うな》ってしまった。つかみどころが、ないのである。

グエン氏が、みずからの意思で、姿を隠したとは、思えない。トレイン・ジャックの、どさくさにまぎれた、ということは、不可能だ。とするなら、やはり、グエン氏一行は、誘拐されたのだ。

誘拐されたのだとすれば、犯人グループの動機は、何か？

身代金強奪が、目的では、ないようだ。暗殺が、目的だろうか？　では、どうやって、グエン氏一行の動きを、察知したのだろうか？　ごく一部の、関係者しか、知りえなかった、グエン氏の動向を、東南アジアの小国の、スナイパーが、どうやって、つかんだのか？

いや、もし、暗殺者に、誘拐されたというなら、その暗殺者は、トレイン・ジャックの犯人グループとも、つながっていることになる。そんなことが、ありうるだろうか？

十津川の推理は、堂々巡《めぐ》りだった。

「事件直後から、われわれも、ある機関を、使って、グエン氏の足取りを、追いました。しかし、われわれの力では、及ばないところが、あります」

どのような機関を、使ったのか、十津川は、きかなかった。国際政治がらみの事件では、きいても、ムダなのだ。

「それで、警視庁に、依頼に来られた？」

「警視庁に、というよりも、警視庁の、ごく限られた方にです。政治的な影響が、大きいため、公《おおやけ》になるのは、ぜひ避けたいのです。ご理解ください」

山野辺は、頭を下げた。

「関係者のなかで、最後に、グエン氏に会われたのは、山野辺さんですか？」

「ええ、私です。札幌駅の４番ホームです」

「それ以降は、接触は、ないのですね？」

「いえ、列車が発車して、三十分くらいして、秘書の方から、翌日、京都で会いましょうと、メールが来ました。私どもは、飛行機で、京都に向かいましたから、こちらが、先に着きますので」

「メールといいますと、三人は、携帯電話を、持っておられたのですね？」

「三人が、それぞれ、持っていました」

山野辺は、三人の、携帯電話の番号を、メモした紙を、十津川に、手渡した。

「この三つの番号に、かけ続けているのですが、何の反応も、ありません。電源が、切られているようです。誘拐犯が、壊《こわ》したのか、あるいは、自分で、壊したのか」

「自分で壊す、というのは？」

「グエン氏の携帯電話には、R国内にいる、おもな同志の電話番号や、メールアドレスが、登録されています。犯人側に、知られる恐れがあれば、ご自分で、破壊されることも、十分、考えられます。もちろん、すべて、偽名になっていますが」

「三人の携帯電話には、GPS機能が、ついていますか？」

「ついています」

「もし、電源が、入っていれば、追跡できるのですが」

十津川は、残念そうに、いった。

「もう一つ、お願いしたいことが、あります」

「どんなことでしょう？」

「グエン氏の到着を待っている、元副大統領の密使は、あと十日間、京都に、滞在する予定です。その間に、どうしても、会談を、実現したい。R国の政治情勢は、緊迫しています。ありていにいえば、どう転《ころ》ぶか、予測しがたいのです。元副大統領も、いまの時点では、グエン氏に、忠誠を表明していますが、カリスマ性は、ないにしても、野心家ではありますし」

「元副大統領が、寝返るかもしれないと？」

「あくまでも、可能性の話ですが。もし、グエン氏の帰国が、遠のくような事態になれば、元副大統領が、臨時の大統領となって、政府をつくることも、ありえます。そして、政権基盤が、固まれば、グエン氏は、目の上の、たんこぶのようなものです。そうなると、グエン氏が、帰国された場合、予測しがたい事態が、生ずるかも、しれません」

「政治の世界は、一寸先は闇《やみ》と、いわれます」

「グエン氏の、政権復帰が、実現すれば、日本との外交関係も、飛躍的に発展し、経済関係でも、交流が、深まります。日本にとって、グエン氏は、東南アジアにかかわる、外交戦略の、キーパースンなのです」

山野辺は、総理大臣のような口調で、いった。

3

「ところで、十津川君、どこから、捜査を、始めるのかね?」

山野辺の話が、一段落ついたところで、三上刑事部長が、きいた。

「そこなんです。北海道警が報告してきた、捜査状況は、手詰まり状態です。誘拐犯の、その後の足取りは、まったく、つかめていませんし、犯人グループを、絞るのも、はかばかしくないようです。物証といえば、レーザー装置に、爆破装置、赤色灯、乗務員にかけていた手錠と、いったところです。科捜研によれば、秋葉原《あきはばら》あたりで、探せば、簡単に、手に入るものばかりのようです。唯一《ゆいいつ》、大きな物証は、根本父娘を、解放したのちに、新千歳空港に、置き去りにした、大型のワンボックスカーです」

「たしか、すでに、廃車にされた、車だったな」

「ええ。車のナンバーも、盗まれたものと、わかりました。どこかの倉庫にでも、放置されていた廃車を、失敬してきたかもしれません。こちらは、あまりにも、多くの遺留品があって、ほとんど、役に立たないようです。頭髪だけで、二十人近くのものが、落ちていたようです。指紋も、新しいのは、根本父娘のものだけでした」

「空港の防犯カメラに、犯人グループは、映っていなかったのか？」

「駐車場に、設置してありますが、犯人グループは、死角を知っていたようです。巧《たく》みに、ワンボックスカーの陰に、回り込んで、乗り換えています。少し屈《かが》めば、身長も、ごまかせます。乗り継いだ車の、車種は、割り出せましたが、大量に、販売されたもので、これも、絞り込めていません」

「ないないづくしじゃないか」

「それだけ、犯人グループが、緻密《ちみつ》な計画を立てたと、いうことでしょう」

「お手上げか？」

三上部長刑事が、呆《あき》れた顔をした。

「ある仮説を、立ててみたのですが……」

「何だ？　いってみたまえ」

「犯人グループは、身代金目的ではない、他の目的のために、グエン氏一行を、拉致《らち》した。犯人グループの中に、グエン氏をよく知る人物が、含まれていた。その人物は、過去において、グエン氏と、親しく接したことがある。また、犯人グループは、グエン氏の動向を、キャッチできる立場にあった」

「しかし、先ほども、いいましたように、グエン氏は、変装していました。私は、笑ってしまいましたが」

山野辺が、口をはさんだ。

「『トワイライト』に乗る、ということさえ、知っていれば、変装を見破るのは、難しくありません。たとえ、変装をしていても、年相応の動きしか、できませんし、なんらかの癖《くせ》も出ます。乗客は、百四十名あまりだといっても、注意して、観《み》なければならないのは、数人に、限られてしまいます。いや、一般の乗客は、変装などせず、顔を隠すことも、ありませんから、注目する対象者は、一人か二人でしょう」

「じゃあ、その条件が、あてはまるのは、どういう人物かね？」

　三上が、きいた。

「グエン氏を、終始、警備していた人物ですが、これは、除外しましょう。上のほうに、叱《しか》られてしまいますから」

「当たり前だ。ほかには？」

「グエン氏に、親しく接したことがある、という条件と、グエン氏の動向を、キャッチしていたという条件は、必ずしも、一人の人物が、満たさなくてもいい。二人の人物で、それぞれの条件を、満たせばいいのです」

「なるほど」

「グエン氏の動向を、だれが知っていたのか、という問題についてですが、捜査の対象者が、身内にも、大勢、いらっしゃる。警備関係者、外務省関係者、R国関係者、匿っていた知人の関係者……。しかし、微妙な問題が多いので、こちらは、置いておきましょう」

　そう断って、

「では、いちおう、対象者が、日本人であるとします。過去に、グエン氏と、親しく接した日本人には、どういった方がいますか？」

　十津川は、山野辺に、きいた。

「過去にさかのぼれば、たくさんの人が、おられます。グエン氏が、大統領職に、就《つ》いておられたころには、政界や財界の方々、それに、われわれ外務省の者も、多数、グエン氏と、接していました。とくに、インフラ整備に、かかわる事業者は、たびたび、渡航していました」

「いえ、政財界の方たちは、除外してください。そんな地位にある方が、誘拐の実行犯に、グエン氏の存在を教えるために、わざわざ、札幌までやって来るとは、思えません。グエン氏と、利害も、一致していた方々でしょうから」

「それ以外の人ですか……」

　山野辺は、しばらく、考え込んでいた。そして、

「個人ではありませんが、二日ほど、グエン氏と、生活をともにした、グループがあります」

　記憶を引き出すように、いった。

「いつのことですか？」

　十津川が、身を乗り出した。

「たしか、九年……いや、八年前です。八年前の、夏休み期間でした」

「夏休み?」

「ええ。大学生たちが、夏休みを利用して、R国へ、ボランティアに、出かけたのです」

「ボランティアですか」

「当時、日本とR国は、蜜月《みつげつ》時代にありました。政財界の方々は、入れ替わり立ち替わり、R国を訪問して、情報交換や、経済交流を行っていました。R国の教育水準は、東南アジアにあっては、いいほうでした。それでいて、物価は安い。つまり、質がよいうえに、安くて豊富な、労働市場だったわけです。ですから、両国の交流は、活発でした。しかし、政治や経済を離れた、民間での交流という点では、低調でした」

「それは、なぜですか?」

「百年も前の、日本の原風景とでもいうべき生活が、R国には、残っていました。日本人に好まれる、観光資源も、いたるところに、ありました。しかし、あまりに、インフラが、お粗末なため、都会の生活に、慣らされた日本人は、R国を訪れるのを、ためらっていたのです」

「よくいう、『3K』的な、環境だったわけですね？」

「そうです。『キツイ』『キタナイ』『キケン』です。R国の人にとっては、大したことでなくても、世界一安全で、清潔好きな日本人にとっては、敬遠される状態でした」

たしかに、日本人は、国際水準でいえば、潔癖《けっぺき》感は、世界一だろう。

シャワートイレが、これほど普及している国は、ほかにはない。

「たとえば、上下水道が、完備していませんから、飲む水に、こと欠きます。うっかり、口にすると、決まって、激しい下痢《げり》に、見舞われます。暑い国ですから、当然、冷たい水分が、欲しい。しかし、現地の氷は、たとえ水道水を凍らせたものでも、口に入れれば、水を飲んだのと同じ症状になります」

バックパックなどで、海外を、格安旅行した、若者から、よくきく話だった。

「一般の家庭には、ダニがいます。日本人は、耐性がないので、咬《か》まれれば、全身に湿疹《しっしん》が広がります。それやこれやで、一般人が、訪れにくい国なのです」

「そこに、大学生の集団が、ボランティアで、訪れた？」

「われわれが、企画しました。期間は、七月末から、八月中旬までの、十五日間。往復は、船旅で、現地での移動もあり、活動したのは、実質、六、七日でした」

「いわば、青年海外協力隊の、期間限定版のようなものと、考えていいのですね？」

「それで、いいと、思います」

「何人くらいの、集団でしたか？」

「五十人です」

「そういった行事としては、多いほうですか、少ないほうですか？」

「少ないと、思います。R国に、受け入れ態勢が、整っていなかったのです。日本人が、なんとか耐えられる、宿泊施設が、不足していました」

「学生と、おっしゃいましたが、大学生ですか？　専門学校の学生も、募集されましたか？」

「専門学校の学生も、募集しました。いい社会経験ですから。ただ、学年は、一年生と、二年生に限りました」

「十八歳から、二十歳までの学生ですね？」

「そうです」

「現地での、ボランティアでは、どのような活動を、したのですか？」

「ボランティアとは、いいましたが、まあ、半分は、観光です」

学生を、募集したのだ。そういった楽しみを、挟まなければ、応募者も、少なくなったろう。

「日本人の、篤志家《とくしか》のグループが、ありました。一般の市民の方で、十一名いらっしゃいました。この方たちが、毎年、数万円ずつ出し合って、R国に送金し、学校を建設したのです。その後も、送金を続けておられます。その学校の、環境整備を、手伝うというのが、ボランティアの名目でした」

「実際には、どんな活動を？」

「学校の建物の、ペンキ塗り替えや、記念の植樹、運動場の拡充、といったところです」

「運動場の拡充、というのは？」

「学校の周囲は、いわば、原野です。まだまだ、地方へ行けば、土地は有り余っています。その原野の樹木を伐採《ばっさい》したり、地面を整備します。作業が、はかどれば、はかどるほど、子どもたちが、走り回れる区域が、広くなります。これまでに、サッカーができるほどに、運動場を、拡《ひろ》げています」

「若者たちにとっては、ハードな作業でしたね？」

「いえ、日中は、暑さが厳しいので、肉体労働は、早朝と夕方だけです。それぞれ、二時間程度。あとは、授業参観と、児童たちとの、交流です」

「そこへ、グエン氏も、参加されたと、いうことですか？」

「ボランティア期間中に、その学校で、記念式典が、行われました。そこで、グエン氏が、謝辞を述べられ、二日間を、大学生とともに過ごされました」

「一国の元首のスケジュールとしては、のんびりしていますね」

「かもしれませんね」

「ボランティアに参加した、五十人の名簿は、残っていますか？」

「もちろん、残されています。あとで、届けさせます。しかし、時間が経っていますので、氏名は確認できても、居住地などは、役に立つかどうか。大学を卒業すれば、大半の学生は、居住地が、変わりますから」

「それでも、けっこうです。追えるだけ、追ってみます。貴重な手がかりであることは、間違いありませんから」

「なにとぞ、よろしくお願いいたします」

山野辺が、三上部長刑事と、十津川に、向かって、頭を下げた。

「最善を、つくします」

十津川は、そういうしか、なかった。

4

トレイン・ジャック事件について、警視庁は、これまで、後方支援に、甘んじてきた。

それが、外務省の、山野辺課長からの依頼があって、正面から、この事件に、取り組むことになった。

舞台の袖《そで》から、中央に、躍《おど》り出たようなものだった。

しかし、肝心《かんじん》の、グエン氏の行方追跡という、捜査目的は、極秘事項だった。知っていたのは、十津川と、亀井だけである。

警察庁から、再度、情報を警視庁に集めるよう、他の道府県警に、指示が出されたが、その理由は、伏せられた。

そのことで、かえって、各道府県警では、トレイン・ジャック事件の背景の深さを、感じ取っていた。

警察とは、そういった組織なのだ。

それは、十津川の部下たちも、同じだった。トレイン・ジャック事件に関する捜査だとは、分かったが、それ以上は、詮索《せんさく》しなかった。

山野辺から届けられた、名簿をもとに、捜査一課の全員で、追跡調査に入った。

電話番号が、分かるところから、取りかかった。

携帯電話の番号もあったが、固定電話のほうが多かった。

学生たちが、在籍していた大学は、おおむね、首都圏にあった。

当時、実家から、大学に通っていた、三十名近くの、学生の現況は、比較的、すぐに分かった。

刑事たちは、事件当日の、アリバイ確認のために、出かけていった。

関西圏と、中部圏の大学卒業者は、八名いたが、こちらは、全員の所在が、確認された。

「関西や、愛知近辺の、学生は、すべて、連絡が、つきました」

亀井が、感心したように、いう。

「あちらは、地元志向が、強いからなのかな？」

「警部のおっしゃるとおりかも、しれませんね。それに対して、首都圏は、日本各地からやって来て、また移ってゆく。根を下ろさない、浮草《うきくさ》が、集まってつくる、場所なんですかね」

「なんだい、カメさん。やけに、意味深《いみしん》なことを、いうじゃないか」

「からかわないでくださいよ、警部。ただ、なんとなく、アスファルトだらけの地面と、根づかない浮草を、連想しただけですよ」

「ほう。今度は、詩人かい？」

「やめます。もう、何もいいません」

「ごめん、ごめん。茶化すつもりは、なかったんだ。カメさんが、いったことは、都会の犯罪についても、いえることだよ。愛憎関係が、まったくないのに、残忍な犯罪が起きることもある。金品目当ての、強盗ではなくて、殺傷《さつしよう》することだけが目的の、犯罪が、多すぎるよ」

「ああいった事件は、後味《あとあじ》が、悪いですからねえ」

「『盗人《ぬすつと》にも三分《さんぶ》の理』と、いうじゃないか。でも、無差別殺人の犯人には、その道理が、見えてこない。犯人の心のなかに、見えるのは、ぽっかり開いた空洞か、暗闇だけのような、気がする」

「こんどは、警部が、心理学者ですか」

「いや。今回の、トレイン・ジャック事件の、犯人には、非常に、はっきりとした意思を、感じるんだ。やるべきことが、はっきりとしている、というか……」

「どんなところですか？」

「なぜかは、分からないんだが、二つに分かれた意思が、あると思う」

「二つの意思、ですか」

「そう。一つは、バカ騒ぎして、おもしろがる意思。だから、はじめに『トワイライト』に、ゴム風船の偽《にせ》爆弾を、残していたり、『のぞみ21号』を、爆破すると予告して、警察を、からかった。それに、身代金を、要求したこともだ。身代金を、銀行口座に振り込め、なんて、前代未聞だよ。そして、これまでに、口座から引き出されたのは、たったの二回、五十万円ずつだけだ。口座を封鎖していないにも、かかわらず、その後、現金は、引き出されない」

「口座をいじることで、足がつくのを、恐れているんですかね？」

「私も、はじめは、理解できなかった。なぜ、銀行口座を、指定したのか。そして、こう考えたんだ。もしもだよ、犯人グループに、身代金を取得する意思が、なかったとしたら、と。すると、犯行の動機は、世間を騒がすことだけだった、ということになるんだ」

「警部は、今回の犯行は、身代金目当てでは、なかったと、おっしゃるのですか？」

「広田夫妻が、いってたじゃないか。『自分は、一介のハイヤー運転手だ。一人一千万円の身代金など、払えない』、といったら、犯人たちは、ゲラゲラ笑って、身代金のことは、忘れろといったそうだ」

「そうでした」

「そして、危害を、加えることもなく、夫妻を、解放している」

「では、一つの意思が、愉快犯的な、ものだとして、もう一つの意思、というのは、なんですか？」

「そこなんだよ。もう一つの意思は、明らかに、グエン氏誘拐を、意図していたと思う」

「R国からの、暗殺者ですか？」

「いや、グエン氏暗殺が、目的ではないだろう。暗殺が、目的なら、列車内で殺害して、死体を放置しておけばいい」

「たしかに。それが、手っ取り早いですからね」

「つまり、グエン氏と、何かを、交渉しようと、したのではないか、と思う」

「グエン氏の、R国への帰国に、関してですか？」

「かもしれないし、もっと、ほかのことかもしれない。いまは、想像がつかない」

「トレイン・ジャックは、どちらの意思ですか？」

「トレイン・ジャックの、犯行そのものは、第二の意思に、よるものだと、考えている」

「グエン氏の誘拐と、トレイン・ジャックは、同じ一つの意思から出た、ということですね？」

「バカ騒ぎを、楽しんでいるグループは、何も実行犯にならなくても、目的は、達せられるはずだ。爆弾騒ぎを、起こすのでも、船や列車よりは、飛行機のほうが、効果的だろう？　航空会社に、電話一本、入れればいいんだから」

「にもかかわらず、トレイン・ジャックの実行に、参加した……」

「そうなんだ。第二の意思が、強く働いたからでは、ないだろうか」

「第一の意思と、第二の意思は、どういう関係にあるのでしょう？」

「たぶん、相互依存の、関係にある。『バカ騒ぎできる舞台を、用意する。代わりに、自分たちにはないものを、用意してほしい』。第二の意思が、そういう提案をした」

「それは、どういったものでしょう？」

「おそらく、何かしらの、能力ではないだろうか。限られた人間しか、身につけていない、特殊な能力だ。もし、物品なら、あれだけ大掛かりな犯行が、可能だったのだ、第二の意思の、実行力から考えて、それらを、調達できないはずがない」

「その、限られた人間にしかない、能力とは、なんでしょうか？」

「なんだろうな。私も、それが知りたいんだ」

かなり大胆な推理だったが、十津川は、自分なりに、納得していた。当たらずといえども遠からず、といった心境だった。

ふだんは、部下の刑事たちに、こんな推理は、いわない。先入観を与えては、地道な捜査に、支障をきたす。

相手が、長年の相棒である、亀井刑事だったからこそである。

亀井なら、足りないところを、補ってくれるし、間違っていたら、訂正もしてくれる。それだけ、十津川は、亀井を、信頼していた。

5

所在の確認された、元ボランティア学生の、アリバイは、ほぼ成立した。

ほぼ、というのは、まだ独身者も多くて、夜半の行動を、証明する第三者が、少なかったからである。

アリバイの、あいまいな部分は、刑事たちの心証が、補った。

突然の、刑事の訪問には、みな一様に、驚いていた。しかし、どの若者の表情にも、刑事たちを恐れるような雰囲気は、なかった。

「八年前の夏休みに、R国に、行かれましたか？」

と、きかれて、だれもが、ポカンとした、表情をした。

いまごろ、なぜ？

と、いったところだろう。

そして、ボランティアに、参加したことを、確認したあと、

「ある事件の参考に、おききしたいのですが、九月十八日の夜は、どちらにいらっしゃいましたか？」

刑事たちが、質問した。

「えっ？　それって、アリバイ証明とか？　オレって、何か、疑われてるの？」

これが、典型的な、反応だった。

九月十八日は、ウイークデイである。ほとんどの者が、夕方まで働いていたと、供述した。二、三人は、代休をとったりしていたが、アリバイはあった。

「ところで、R国のボランティアのとき、仲間のなかで、とくに、気になった人は、

いましたか？」

と、きくと、

「気になった人？　いやあ、とくにはいなかったなぁ。みんな、いいやつばかりで、和気あいあいで、過ごしていましたよ」

という、答えが、返ってきた。

翌日の夕方、刑事たちが、聞き込んだ情報を持ち寄って、捜査会議が開かれた。

「これまでの調べで、所在不明者は、四人になった」

十津川が、口を開いた。後ろのボードには、氏名と現在の年齢、卒業大学、出身県が、書かれている。

矢部《やべ》　隆《たかし》（28）　C大学　長野県
佐久裕之《さくひろゆき》（27）　A学院大学　青森県
湯村正洋《ゆむらまさひろ》（28）　S大学　新潟県
本島芳子《もとじまよしこ》（28）　Y学園大学　岩手《いわて》県

外務省から入手した、名簿には、本籍地の記載はあったが、詳《くわ》しい住所までは、記されていなかった。

おそらく、外務省の係官は、提出されたパスポートを、書き写したのだろう。パスポートには、本籍地は、都道府県名までしか、書かれていないからだ。

「警部、女性の本島芳子は、捜査対象から、外さないのですか？」

北条早苗刑事が、きいた。

「そうだ。今回の捜査では、女性も、外さない」

十津川は、それ以上、詳しい理由は、いわなかった。

グエン氏を、記憶しているのは、男子学生だけではない。女子学生も、記憶していただろう。乗客のなかから、グエン氏を見つけて、教えるくらい、女性でもできる。

しかし、現段階で、グエン氏の名前を、出すことは、できなかった。

所在不明者は、四人だったが、四人に絞り込んだ、とはいえなかった。四人全員が、事件とは、無関係かもしれないのだ。

一縷《いちる》の望みは、残ったが、ボランティア学生たちから、グエン氏に、結びつく線は、発見されなかった。

四人の、所在不明者については、三田村刑事と、北条早苗刑事が、引き続き、捜査することに、決まった。

第五章　転職者たち

1

捜査は、行き詰まっていた。

手がかりが、極端に、少ないのだ。

「トワイライトエクスプレス」に、偽《にせ》爆薬を取りつけた集団も、かき消えた。

列車が、停車した場所は、森林のまっただなかだった。線路に並行した、舗装路《ほそうろ》が一本、あるだけだ。民家はない。線路内は、敷石だったし、森林のなかは、落ち葉と枯れ枝がつくる、腐葉土《ふようど》が、積もっている。

犯人たちの足跡を探しても、どこにも残っていなかった。

二組の人質が、押し込められた人家も、分からない。

犯人グループは、広範囲にわたって、出没していた。銀行口座を操作した、無人のATMだけでも、長野市、名古屋市、大阪市に、散らばっている。

人質となった乗客たちは、解放された。「トワイライトエクスプレス」の車輛も、無事、回収された。二組の、連れ去られた人質も、解放された。

しかし、R国のグエン元大統領を含む、残る三人は、どこへ消えてしまったのか、まったく、手がかりがない。

犯人グループは、無人のATMにも、近づかなくなった。現金は、引き出されない。

動きが、ピタッと止まった。

十津川は、八年前のボランティア集団から、犯人追跡の突破口を、開こうとしたが、徒労《とろう》に終わった。

いや、徒労に終わったとは、いえない。ボランティア学生、五十人のうち、四十六人が、無関係だと、分かったのを、収穫とするべきだろう。

十津川は、どこかにほかに、突破口はないかと、考えてみた。

やはり、「トワイライトエクスプレス」の乗客に、戻るしかなかった。

十津川は、捜査一課の、全員を、集めた。

ホワイトボードに、拡大した、乗客の一覧表を、貼《は》り付けた。

北海道警が、人質解放後に、聴取して作製したものだ。

第二次の人質となった四人と、行方不明の三人は、含まれていない。

「この表を見て、気づいたことを、なんでもいい、いってみてくれ。小さなことでもいいから、とにかく、思ったことを、口に出してくれ」

十津川は、全員を見渡して、いった。

「じゃあ、私から」

亀井が、口火を、きった。

「この一覧から、子ども、高齢者、それに女性は、外してもいいのではないでしょうか？」

「この前の調査では、女性は、除外しないということでしたが」

北条早苗刑事が、口をはさんだ。

「いや、前回とは、事情が違うので、カメさんのいうとおりでいい。女性と、十五歳以下の子ども、それと、六十五歳以上の乗客は、外してくれ」

十津川は、亀井の意見を、採用した。

三田村が、パソコンを操作した。該当者を削除した、新たな一覧表を、プリントし、ホワイトボードに貼った。

一覧表の人数は、約六十名に、減った。

「けっこう、減りましたね」

日下が、いう。

「うん、だいぶ、整理できたな」

十津川は、一覧表を眺《なが》めて、いった。

「やはり、お金に余裕のある、高齢者が、多かったのかしら？」

北条早苗が、いった。

「いや、多かったのは、女性のグループです」

パソコンを操作していた、三田村が、いった。

「やっぱり、『鉄子《てつこ》』が、多いんですねえ」

西本が、驚いたように、いう。

若い女性のあいだで、歴史ブームが起こり、歴史オタクの女性を「歴女《れきじょ》」と、呼ぶようになった。それと同様に、鉄道オタクの女性は、「鉄子」と、いわれるようになった。オジサンの趣味の世界に、若い女性が、進出した現象の、代名詞である。

ほかにも、ホルモン好きの「ホルモンヌ」や、相撲好きの「相撲女子」も、出現している。

「それもそうだろうが、女性のほうが、男性よりも、群れる傾向が、あるからね」

亀井が、いうと、

「群れるっていい方は、よしてください。男性より、社会性が、あるということです」

珍しく、北条早苗刑事が、抗議した。

「まあまあ」

十津川が、抑《おさ》えるように、いった。

「たしかに、女性が、数人で固まって、行動するのを、よく見かけるね。『トワイライト』でも、二段ベッドが、向かい合わせになっている、開放式の寝台『Bコンパート』なども、女性の仲間四人で一室、というのが、多かった」

十津川は、一覧表を指して、もう一度、部下の刑事たちに、きいた。

「一覧表に、集中してほしい。どこか、共通点のあるところ、逆に、何か、違和感のあるところは、ないだろうか」

「札幌から、乗車したのに、近畿《きんき》地方に住んでいる人が、多いですね。大阪、京都、滋賀《しが》、兵庫《ひょうご》……」

日下が、いった。

「そりゃあ、終着駅が、大阪なんだから、関西人が多いのは、当たり前だろう」

「それにしても、長時間の列車旅行は、案外、疲れるよ。行きに、大阪発の、下りの『トワイライト』に乗って、帰りは、札幌から飛行機というほうが、楽だと思うけど」

「下りの切符が、手に入らなかったので、仕方なく、上りにしたということも、考えられるよ」

「首都圏の人間も、二十人近くいる」

「それはそうだろう。全国的に、人気のある列車なんだから。羽田から新千歳まで、飛行機で行く。それから、『トワイライト』で、日本海側を南下して、大阪からは、新幹線で、東京まで戻る。そんなところだろう」

「それにしても、鉄道ファンって、すごいな。途中で観光しながらではなく、ひたすら、列車に、乗り続けるんだから」

「だから、鉄道ファンなんだよ」

日下と、西本の、会話が、続いた。

「現住所だけでなく、学歴や職歴、年齢にも、目を向けてほしい」

十津川が、ふたたび、注意を、うながした。

「出身校は、バラバラですね。この人とこの人は、同じ大学ですが、歳《とし》が、十歳も離れています。つながりがあるとは、思えません」

二人の人物を指さして、亀井が、いった。

「あ……」

日下が、つぶやいた。

刑事たちが、日下に、振り向く。

「佐久裕之。二十七歳、A学院大学卒。彼じゃないですか？　例のボランティア学生のなかで、所在不明だった、四人のうちの一人。間違いありませんよ！」

2

思わぬところで、八年前、R国に行った、ボランティア学生の名前が、登場した。

偶然の可能性もあるが、R国の元大統領グエン氏に、結びつく線が、はじめて、浮上したのである。

「よし。では、この一覧表のなかで、佐久裕之と、つながりがありそうな、人物がいるか、見直してくれ」

はやる心を抑えて、十津川が、いった。

捜査一課全員の視線が、ホワイトボードに貼られた、一覧表に、集まった。

五分ほど経過して、だれかが、ため息をついた。

さらに数分が経《た》っても、だれも、発言しなかった。

沈黙を破ったのは、亀井だった。

「見つかりませんね。学歴、職歴、居住地などで、佐久裕之と、つながるような人物は、いません。同世代の人物は、何人かいますが、年齢だけでは、なんともいえません」

他の刑事たちも、うなずいた。みな、同じ思いだった。

「とにかく、佐久裕之を、追おう。出身地は、青森県、現住所は、小樽市となっているが、ほかに、分かることはないか」

十津川が、三田村に、きく。

三田村は、パソコンのマウスを、動かしながら、

「本籍地は、青森県東津軽《ひがしつがる》郡平内町《ひらないまち》。現住所は、小樽市旭町《あさひまち》×—×—×です」

「広田夫妻が、解放されたのも、小樽市郊外の山中でした」

亀井が、いった。

「それに、ＪＲ北海道本社にかかってきた、脅迫電話は、青森市街からでした」

「地図では、平内町は、青森市に、隣接しています」

三田村が、いった。

「警部、ぴったりです。佐久裕之は、小樽にも、青森にも、土地鑑《とちかん》がありますよ」

亀井が、意気込んで、いった。

「ちょっと、待ってください。佐久裕之は、人質の一人として、列車のなかに、いました。広田夫妻を、小樽まで、連れて行ったり、青森から、ＪＲ北海道の本社に、電話をかけるなんて、できませんよ」

西本が、そういうと、刑事たちは、黙ってしまった。

「身元確認は、自動車運転免許証で行ったと、書いてあります。免許証には、写真も、印刷されています。ですから、佐久は、列車内にいたのです」

だめ押しのような、西本の、ことばだった。

十津川は、北海道警の、佐々木警部に、連絡をとった。

今回の広域捜査では、情報は、警視庁に、集約される。十津川が、指令塔の役目を、担《にな》っていた。

とはいっても、北海道で起こった事件であり、佐久裕之は、小樽市内に、住んでいる。北海道警の顔を立てるためにも、ひと言、挨拶《あいさつ》しておくべきだった。

いくら、上から通達があったからといっても、警視庁の刑事に、自分たちの所管区域で、勝手に捜査されては、北海道警も、おもしろくないだろう。

ただ、問題があった。なぜ、佐久裕之を、追跡するのか。グエン氏がらみのため、その理由を、公《おおやけ》にすることが、できないのだ。

「心苦しいのですが、なぜ、佐久裕之が、被疑者として、浮かんできたのか、現段階では、私の口から、いうわけにはいきません。なにとぞ、ご了承いただきたいのです」

十津川は、電話口で、誠意をこめて、佐々木に伝えた。

「事件の重大性は、よく分かっています。どうぞ、お気づかいなく」

佐々木警部は、そう、いってくれた。

「ありがとうございます。八年前の夏、A学院大学の一年生だった、佐久裕之は、東南アジアのある国を、ボランティア活動で、訪れています。その当時のことが、トレイン・ジャック事件で、所在不明の、三人の失踪者に、関係しているのです。失踪者三名は、犯人グループの人間ではなく、誘拐された、被害者の可能性が高いと、思われます。この三名を、われわれは、ぜがひでも、救出したい。それも、できるだけ早くにです。いまのところ、お話しできるのは、ここまでです」

「分かりました。われわれ、道警としても、協力させていただきます。ご指示ください」

「佐久裕之を、見張っていただき、接触した人物を、洗い出してほしいのです。佐久の背後には、必ず、今回の事件の犯人グループがいます。犯人グループの、全容が分かるまでは、佐久に直接、手を出すことは、できません。三人の生命が、かかっていますので」

「承知しました。それだけでも分かれば、十分です。お話しされた内容については、部下たちには知らせず、私の胸に、とどめておくことにします」

「ありがとうございます。近いうち、私も、そちらにうかがいたいと、思っています」

そういって、十津川は、電話を切った。

三田村が、十津川のデスクに、やって来た。

「ちょっと、引っかかることが、あるのですが」

そういって、一覧表を、差し出した。

いくつか、赤い線で、囲んだところが、あった。乗客の、職歴の部分だった。

「偶然かもしれませんが、この一年以内に、五名の乗客が、転職しています。転職先は、北海道と、青森に、限られています。五名という数が、多いか、少ないのかは、私には、分かりません。しかし、地方の求人は、冷え込んでいます。首都圏の会社を辞《や》めて、わざわざ、地方の会社に、転職するのは、不自然です。相当、確実な目算《もくさん》があって、転職しているように、思えるのです」

「計画された転職、という意味かね？」

「もしかしたら、ですが」

十津川は、視線を宙にやって、しばらく、三田村のことばの意味を、考えた。

ふと、ひらめいた。

どこかで、同じようなことが、あった。どこだったか？

だが、思い出せなかった。

視線を戻すと、三田村が、当惑《とうわく》した表情で、立っていた。十津川が、急に考え込んでしまったことに、驚いたようだった。

「三田村君、これは、すごい発見かもしれないぞ。一人や二人なら、偶然かもしれない。けれど、五人ということになると、なんらかの作為が、感じられないこともない。その五名の、名前や住所、職歴をピックアップして、貼り出してくれ」

三田村が、プリントアウトして、貼り出したのは、つぎの五人だった。

氏名	年齢	現職	前職	転職時期
山本《やまもと》有也《ゆうや》	(34)	信号機保守会社(札幌)	同(東京)	八カ月前
坂田《さかた》章《あきら》	(29)	自動車教習所(札幌)	高速道路会社(東京)	十カ月前
清水《しみず》翔《かける》	(30)	建設会社(函館)	道路建設会社(東京)	十カ月前
殿園《とのぞの》弘治《こうじ》	(45)	生命保険会社(青森)	自動車販売会社(横浜)	七カ月前
村松《むらまつ》洋一郎《よういちろう》	(32)	建設会社(函館)	大手ゼネコン(東京)	九カ月前

十津川が、刑事たちを、集めた。

「三田村君が、重要なことに、気がついた。この五人は、一年以内に、北海道および青森県に、転職している。前の職場は、いずれも、首都圏だ」

「警部、建設関連と、道路関連が、四人います。もう一人の、殿園弘治は、車には、関係していますが、道路・建設には、結びつきません。年齢も、他の四人とは、離れています」

亀井が、十津川の意見に、補足した。

「ということは、道路・建設と、多少とも縁のある人物が、四人そろって、この一年以内に転職し、しかも、北海道に、集まっているということですか？」

西本が、確認するように、いった。

「そうだ。信号機の保守は、道路の管理保全と、密接に関係している。ゼネコンも、道路・建設と、切り離しては、考えられない」

3

十津川は、北海道警の佐々木警部に、連絡をとった。

「乗客のなかから、四人の人物が、参考人として、浮かんできました」

十津川は、経緯を説明した。

きき終わった、佐々木警部は、

「さすがは、警視庁捜査一課の、十津川警部です。同じ資料を見ながら、われわれは、まったく、気がつきませんでした」

「いえ、偶然、部下が気づいたのです」

「十津川さんは、優秀な部下を、お持ちだ」

「ありがとうございます。部下たちに、伝えておきます」

十津川は、佐々木警部と、四人の捜査について、分担を決めた。

佐々木をはじめ、北海道警で、四人のその後の足取りを追い、監視する。

十津川たち、警視庁は、四人の前職について、きき込みに入る。

そして、夕方の定刻に、それぞれが入手した情報を集約する、というものだった。

十津川は、捜査一課の刑事たちに、四人のきき込みを分担した。

十津川と、亀井は、十カ月前に、函館の建設会社に転職した、清水翔を、担当した。

清水の退職した、道路建設会社は、新宿区にあった。

JR飯田橋《いいだばし》駅を出て、神楽坂《かぐらざか》の急坂を登った先に、道路建設会社の、本社社屋があった。

毘沙門天《びしやもんてん》で有名な、善國寺《ぜんこくじ》の近くだった。

十津川と亀井が、応接室に通されると、すぐに、総務部長と課長が、入ってきた。

総務部長は柿本《かきもと》、課長は牧田《まきた》と名乗った。応対は、おもに牧田が、行った。

「十カ月前、こちらに在籍しておられた、清水翔さんについて、お尋《たず》ねしたいのですが。退社したいきさつや、在籍時代のことを、おきかせ願えますか」

十津川が、訪問の用件を、告げた。

「清水が、何か……?」

「いえ、清水さんが、どうこうというわけでは、ありません。ご存じかと思いますが、『トワイライトエクスプレス』という寝台特急が、北海道で、トレイン・ジャックされました。その乗客のなかに、清水さんが、いらっしゃいました。それで、乗客全員の関係者に、お話をうかがっているのです」

「そうでしたか。あの清水が。しかし、十カ月も前に辞めた職場にまで、警察の方が、来られるというのは……」

牧田が、不安げな表情で、いった。

「いえ、清水さんが、被疑者であるということではなく、先ほども、申し上げたように、全員の方々について、職歴を確認しています」

「清水が、罪を犯すなんていうことは、金輪際《こんりんざい》、ありません。仕事も優秀でしたし、まじめな人間でした」

「こちらに在籍されたのは、何年くらいでしたか？」

「大卒で入社して、昨年末、二十九歳で退社していますから、七年ほどでしょうか」

「どういうお仕事を、されていたのでしょうか？」

「おもに営業です」

「営業といいますと？」

「うちは、道路建設を、主事業にしている会社ですので、官公庁が、おもな営業対象となります」

「具体的には、どんなところでしょう？」

「道路といっても、国道、県道、市町村道などがありますから、それぞれの役所の、関係部署に、足を運ぶことになります。それから、高速道路を管轄する、高速道路会社のようなところにも、顔を出します」

「清水さんが、在職しておられたころで、とくに、印象に残っているようなことは、ありませんか？」

「これといって、問題を起こしたことは、ありません。性格も、素直でした。やや、堅物《かたぶつ》的なところは、ありましたが、礼儀正しい青年でした。仕事に対する責任感も、強かったと、思います」

「上司としては、理想的な部下ですね」

亀井が、口をはさんだ。

「と思います。けっして、大げさではありません。同僚たちからの評判も、よかったと、思います」

「清水さんは、なぜ、退社されたのですか？」

十津川が、牧田に、きく。

「実家のご両親と、同居したいと、いうことでした」

「清水さんのご実家は、北海道の函館でしょうか？」

「そのように、聞いています」

「両親と、同居したいとのことですが、清水さんは、まだ、三十歳ですから、ご両親は、高齢とは、思われませんが」

「そのへんは、分かりかねます」

「当時、とくに、親しくしておられた方は、いらっしゃいますか？」

「さあ、どうでしょう。同僚との仲は、ふつうでしょうか。とくに仲がいいとか、悪いといった人間が、いたという話は、聞いたことが、ありません。社外の方だったら、朝倉《あさくら》さんでしょうか。可愛がってもらっていたようです」

「朝倉さんというのは？」

「朝倉慶介《けいすけ》さんといって、高速道路会社の、副社長を、やっておられた方です。清水の話に、よく名前が出てきたのを、覚えています。食事にも、しょっちゅう、誘ってもらったりと、親しくしていたようです」

「清水さんは、こちらを退社直後に、函館にある、中堅の建設会社に、入社しています。こちらの業界では、地方での転職は、スムーズに、決まるものなのでしょうか？」

「北海道のほうは、分かりませんが、首都圏では、建設関係の人材は、不足しています。政府が進めている、大型の景気対策とか、二〇二〇年の、東京オリンピックに向けて、需要が、高まっていますから」

牧田が、いった。

十津川と、亀井は、礼をいって、道路建設会社を出た。

「清水という男は、若者にしては、よくできた人間だったようですね」

亀井が、いった。

「人間性に、問題は、ないようだね」

「空振りですかね？」

「まだ、結論を出すのは、早いよ。だれでも、叩《たた》けばほこりが出ると、いうじゃないか」

「それは、そうですが」

「西本や、三田村たちが、何か、つかんできてくれると、いいのだが」

十津川は、いった。

4

三田村刑事と、北条早苗刑事は、千代田《ちよだ》区にある、大手ゼネコンを、訪ねていた。

リストの一人、村松洋一郎、三十二歳が、勤務していた、会社である。

総務部の課長が、やや緊張した面持《おもも》ちで、応接室に、入ってきた。名刺には、山口《やまぐち》と書かれてあった。

三田村たちが、捜査一課の刑事だと知ると、山口課長は、怪訝《けげん》な顔をした。

「捜査一課の刑事さんが、私どもに、どういったご用件で……？」

山口課長は、内心では、ホッとしているのに、違いなかった。談合や、贈賄《ぞうわい》の担当である、捜査二課の刑事では、なかったからだ。

三田村たちは、村松の退社について、質問した。

山口課長によると、村松は、突然、退職を、申し出たらしい。

「いまから、九カ月前になりますか。新年早々、仕事始めの日に、辞表を出してきました」

「退職の理由は、なんですか？」

「一身上の都合で、としか、書かれていませんでした。ただ、口頭では、函館で、小さな建設会社を、経営している親戚《しんせき》が、どうしても、手伝ってほしいというので、といっていました。その親戚には、子どもがいないので、将来は、社長職を譲《ゆず》るという、約束だそうです」

「大手ゼネコンの社員より、地方の小さな建設会社の、社長になるほうを、選んだのですね？」

「こういう時代ですから、大手といっても、いつ、地方に飛ばされたり、リストラがあるかもしれません。それよりは、親戚の会社で、自分の力で、将来を切り開く道を、選んだようです。私も、個人的には、彼の門出を、祝ってやりました」

「村松さんは、どのような、人柄でしたか？」

「ひと言でいえば、謹厳実直《きんげんじっちょく》。営業成績も、上位に入っていました」

山口課長は、いった。

「その営業ですが、どういった部門を、担当されていましたか？」

三田村が、きいた。

「私どもの会社では、さまざまなプロジェクトに、参加しています。都市の再開発、港湾整備、各種プラント建設、大型の橋梁《きょうりょう》建設、トンネル建設、高速道路網の整備、それに、新幹線の線路の建設なども、手がけています。村松は、高速道路関連の事業を、担当していました」

まさに、亀井刑事が、いっていた、道路・建設関係の事業に、村松洋一郎は、従事していたのである。

三田村は、自分が抱《いだ》いた予感が、的中したことを、確信した。


西本と日下は、港区に本社がある、道路信号機の保守会社に、出向いていた。

聞き込みに、答えてくれたのは、総務課の長谷川《はせがわ》課長だった。

はじめ、長谷川課長は、日下たちを、あからさまに、見下すような態度だった。

じつは、西本たちも、この会社を、訪問するのは、少しためらいがあった。

道路信号機の、設置や保守をする、会社といえば、警察官が、退官後に再就職する、有力な企業だったのである。

たとえば、青色発光ダイオードといえば、日本で開発されたが、実際に、信号機に採用されたのは、先進国では、日本が、もっとも遅かったと、いわれている。

発光ダイオードの、信号機は、故障が少なく、寿命は驚異的に長い。そのため、信号機の保守管理に、必要な人員が、大幅に、少なくなる。

設置が遅れた理由を、人員を減らさないためだったと、批判する評論家もいた。

長谷川課長の態度も、そのあたりからきていたのかもしれない。

しかし、きき込みの内容が、かつて在籍していた、山本有也個人に、限定されていると、分かると、その態度は、やわらかくなった。

「山本君の場合は、自己都合での、退社です。約一年前に、六十九歳になられたお父さんが、脳血栓で、倒れられたのです。お父さんより、一歳歳上のお母さんが、看病されていたのですが、心労も重なって、お母さんも入院されたそうです。それで、やむなく、札幌の実家に、戻ることになったのです。本人が、よくいっていました。北国の冬はつらい、東京の冬など、比《くら》べものにならないと。本心では、札幌には、帰りたくなかったのでしょう。気の毒でしたが、札幌には、実家の土地と建物が、ありましたから」

「山本さんは、こちらを辞められて、すぐに、札幌の会社に、入っています。業務内容も、ほぼこちらと、同じようです。こちらの会社で、山本さんの再就職を、斡旋《あっせん》されたのでしょうか？」

日下が、きいた。

「ウチで斡旋しても、よかったのですが、ほかに伝手《つて》があると、本人がいうものですから、本人に任せました」

「その伝手、というのは？」

「きいていません。推測はできますが」

「ぜひ、長谷川課長のお考えを、お聞かせいただけますか？」

西本が、長谷川のプライドを、くすぐるような、いい方をした。

「札幌の会社も、ウチと同業者です。組織形態も、人材の集まり方も、似たようなものです。お分かりいただけますよね？」

そこで、長谷川は、ニヤリとした。天下りのことを、いっているのである。

「ウチの社から、あちらに、なんとか一人、採用してほしいと、申し込めば、まず、断られることは、ないでしょう。相身互《あいみたが》いですから。それなのに、山本君は、ウチの社に、頼ってこなかった。にもかかわらず、札幌の会社に、入っている。ということは、ウチよりも、もっと強力な伝手があったと、考えていいでしょう」

「具体的には？」

「あとは、そちらで、考えてください。ウチの会社は、道路行政や、道路運営会社には、頭が、上がりませんから」

そういって、長谷川は、話を打ち切った。


神楽坂の、道路建設会社を出た、十津川と亀井は、その足で、千代田区にある、関東高速道路会社に、向かった。

関東高速道路会社は、十年前、国の特殊法人の道路公団が、民営化してできた、株式会社である。

民営化されたとはいえ、株式の百パーセントは、いまだに、国が所有している。国が、全株式を持っているので、関東高速道路会社は、国土交通省の管掌下《かんしょうか》に、置かれている。

応対に出てくれたのは、総務部長の、北川《きたがわ》だった。

十津川が、十カ月前に退職した、坂田章について、質問すると、なぜか、北川部長は、渋い表情をした。

「たしかに、坂田章は、十カ月前に、当社を、退職しています」

北川が、いった。

「退職の理由は？」

「一身上の理由と、いうことでした」

「具体的に、坂田さんは、何かおっしゃっていましたか？」

「いえ、私どもでは、きいておりません。退職の決意が、固かったので、わが社としては、彼の希望を、受け入れざるをえませんでした」

「職務上、何か問題を起こしたと、いうようなことは、ありませんでしたか？」

「それは、ありません。円満退社と、いうことです」

「坂田さんは、こちらを退職されると、札幌の自動車教習所に、再就職されています。ご存じでしたか？」

「いいえ、存じておりません。そうですか、自動車教習所に……」

「職種としては、だいぶ、違う世界のようですが？」

「札幌あたりでは、求人状況が、かんばしくなかったのかも、しれません」

北川部長は、木で鼻をくったような、応対をした。

5

「印象が、よくなかったですね。紋切型《もんきり》の、答えばかりで」

関東高速道路会社を、出たところで、亀井が、いった。

「カメさんも、そう思ったか。坂田章については、触《ふ》れたくないという、雰囲気が、感じられた」

「坂田の退職については、込み入った事情が、あったんでしょうか？」

「そこのところを、もう少し、調べてみようか」

十津川は、そういって、手帳を取り出した。

先ほど、北川部長から、坂田章の同僚の名前を、きき出していた。同期入社で、部署も同じ、高城保《たかぎたもつ》という男性社員だった。

十津川は、携帯電話で、高城を、呼び出した。

高城は、退社時刻が六時なので、そのあとなら、ということで、会社近くのカフェを、指定した。全国チェーンの、外資系の、コーヒー専門店だった。

十津川と亀井が、指定されたカフェで、二杯目のコーヒーを、注文したとき、高城が、入ってきた。

坂田と同期だから、三十前くらいか。紺のスーツが、長身に、似合っている。

「坂田は、会社に抗議して、辞めたのです」

高城は、吐き出すように、いった。

「どのようなことでしょう?」

「ウチは、民間会社とはいっても、実際は、国の機関のようなものです。たとえば、高速道路料金も、自主的には、決められません。前政権の時代に、休日の高速料金を、半額にするとか、無料にするとかの、話がありましたよね? 経営の根幹《こんかん》にかかわる、通行料金も、国が決めます。ウチは、そういう会社なのです。それを変えたいというのが、坂田の考えでした」

「坂田さんが、そうおっしゃったのですか?」

「ええ。坂田はいつも、そのことを、口にしていました」

「坂田さんの、退職理由は、それですか?」

「いいえ。社内には、坂田に同調する社員も、何人か、いました。坂田の持論《じろん》が、退職の、直接的な理由では、ありません」

「といいますと、退職の理由は、ほかにあったと?」

「坂田が心酔していた、副社長が、辞めたからです」

「どういう方ですか？　その、副社長という方は？」

「朝倉さんといいます。朝倉慶介さん。ウチの会社を、改革しようとする、社員たちの、旗頭《はたがしら》的な存在でした。会社の自主性を、確立したい、という思いの、強い方でした」

「会社の、自主性の確立は、いいことではありませんか」

それまで、聞き役に回っていた、亀井が、いった。

「そうはいきません。ウチは、天下りの、大切な受け皿なんです。歴代のトップは、道路公団時代から、官僚出身で、占《し》められています。トップは、管掌省庁と、密接な関係にあります。その関係を、つぶすようなことは、許されません」

「朝倉さんは、そういう立場の方では、なかったのですか？」

「いわゆる、叩き上げです。天下り組ではなく、道路公団時代に、大卒で、入社された方です」

「ほかにも、坂田さんに、同調する、社員がいると、おっしゃいました。その方たちは、どうされたのですか？」

「坂田と同じ時期に、何人かの社員が、退職しました。私は、そこまで、踏ん切りが、つきませんでした。坂田も、私には、会社に残ってほしいと、いってくれました。改革の火は、残したいと」

高城は、最後に、つけ加えた。

「何人かの、同じ志《こころざし》の人間が、会社を去りました。私も、彼らの仲間だと、思われていましたから、いまでは、冷《ひ》や飯《めし》組です。しかし、改革は、必ず、成し遂《と》げなければならないと、思っています」

高城は、坂田と一緒に退職した二人と、坂田と親しくしていた、女性の連絡先を、教えてくれた。

時刻は、午後七時を、回ったところだった。

十津川たちは、坂田と親しかったという、女性に、会うことにした。

同じ会社の庶務《しょむ》課に勤めている、小野聡美《おのさとみ》といった。

小野聡美は、まだ在社していた。会社に近い場所は、避けたいというので、先ほどのカフェより、もう少し離れた喫茶店で、会うことにした。

仕事帰りの、若い女性が、スイーツを食べながら、おしゃべりを楽しむような、店だった。

小野聡美は、清楚《せいそ》な女性だった。二十五歳だという。坂田とは、結婚を前提に、二年前から、交際していた。

「大変いいにくいのですが……」

と、十津川は、はじめに断りを入れた。会社を退職した男性と、会社に残った女性との関係が、うまくいかないのは、よくあることだったからである。

「いいえ、かまいません。大丈夫ですから」

伏し目がちだったが、小野聡美は、はっきりと、答えた。

見かけによらず、芯の強い女性なのかもしれないと、十津川は、思った。

「坂田さんが、会社を辞められたあと、何か連絡は、ありましたか？」

「その前に、おききしたいのですが。坂田さんが、何か、事件でも起こしたのでしょうか？　前の職場にまで、刑事さんが、お見えになるなんて」

十津川は、坂田が、トレイン・ジャック事件の人質となったこと、そして、その乗客全員の経歴を、確認しているのだと、説明した。

小野聡美は、納得したようだった。

「あのときは、驚きました。彼が無事で、本当によかったです」

小野聡美は、いった。

「坂田さんとは、連絡をとっているのですか？」

「はい。いまも、毎日のように、連絡を、とり合っています。会社も、住む町も、離れてしまいましたが、将来、結婚するという気持ちに、変わりはありません」

「勤めておられる、札幌の自動車教習所について、坂田さんは、どんなことを、いっていますか？」

「とくには、何も。同僚には、自衛隊出身の方も、多いようです。体育会系というのでしょうか、その方たちとも、うまくやっているようです。かえって、教わることが多いと、いっていました」

「坂田さんは、体育会系ではない？」

「ええ、どちらかといえば、草食系でしょう」

そこで、小野聡美は、表情をやわらげて、笑顔を見せた。

笑顔がきれいだと、十津川は、思った。

「前の会社、あなたがいまもお勤めの会社については、何かいわれていますか？」

「いいえ。副社長が辞められて、あとを追うように、退職したので、そこできっぱり、思いを断ったのかもしれません」

小野聡美は、いった。

「しっかりした女性ですね。いまどきの娘さんにしては、珍しい。結婚を前提にした男が、遠くに、しかも、畑違いの会社に転職しても、迷っていない」

小野聡美と別れたあと、亀井が、感想を洩《も》らした。

「動揺しなかったとは、思えないが、坂田を信頼しているのかな」

「好いた惚《ほ》れただけではなくて、もっと強い絆《きずな》を、感じさせますね」

「そうなんだろうな」

十津川は、いった。

「予定より、少し遅くなってしまい、申し訳ありません」

十津川は、捜査一課に戻ってきて、北海道警の佐々木警部に、連絡を入れた。

まず、西本と日下、三田村と北条早苗、二組が得た情報を報告した。

そのあと、十津川は、亀井と二人で訪れた、道路建設会社と、関東高速道路会社について、報告した。

「しまった！」

いきなり、佐々木が、声を上げた。

「どうされましたか？」

「十津川さん、大事なことを、忘れていました。昨日の段階で、気づくべきでした」

「なんのことでしょうか?」

「関東高速道路会社です。関東高速道路会社の社員が、一年前に、JR北海道に、転職してきています。『トワイライト』の車掌です」

十津川も、そういわれて、思い出した。

三田村が、ここ一年以内の、転職者が多いと、いってきたときだ。何か、記憶の底に、引っかかるものが、あったのだ。あのときは、もやもやしながらも、思い出せなかった。

「そうだ。最後まで、人質として残された、二人の乗務員のうちの、一人でしたね? 名前は……」

「江上由紀夫、三十歳です!」

第六章　道路行政の論客

1

大阪発下りの「トワイライトエクスプレス」脅迫に、端を発した事件は、急展開した。

トレイン・ジャックされた、札幌発上りの「トワイライトエクスプレス」に乗務した、江上由紀夫車掌は、一年前に、関東高速道路会社を、退職していた。

札幌の、自動車教習所の、教官をしている、坂田章も、十カ月前に、関東高速道路会社を、退職している。

坂田と同時期に、あと二人が、同じく、関東高速道路会社を、退職している。

山本有也が、八カ月前に退職した、道路信号機の設置・保守会社は、関東高速道路会社とは、緊密な、関係にあった。

九カ月前に、大手ゼネコンを、退職した、村松洋一郎が、頻繁《ひんぱん》に、営業に訪れていたのも、関東高速道路会社だった。

清水翔も、道路建設会社に、在籍していた。

五人全員が、ここ一年以内に、東京の会社を退職し、五人全員が、関東高速道路会社と、かかわりを、持っていた。

関東高速道路会社を、辞めた人物と、その周辺企業を、辞めた人物たちに、焦点が、絞られた。

「犯人グループは、彼らだと見て、間違いないでしょう」

捜査会議で、亀井刑事が、発言した。

「状況から見て、彼らの容疑は、濃いと思う。しかし、彼らは、どんな罪を犯したんだ?」

三上刑事部長が、疑問を投げた。

「これまでの事情聴取と、捜査報告を読んだ限りでは、彼らは、何も、やっていない。『トワイライト』に、乗っていただけに、すぎない。車掌の、江上由紀夫には、なんらかの作為が、あったかもしれないがね。そこのところは、どうなんだ? 十津川君」

「おっしゃるとおりです。彼らが、犯行に加わった痕跡《こんせき》は、いまのところ、ありません。現時点での、検挙は、難しいと、思います」

「どう、攻めるつもりかね？」

　ふたたび、三上が、きいた。

「それを、考えているところです。人質の身代金を、要求してきた、若い男と、車輛代金を、要求してきた、年配の男は、明らかに、犯罪者です。また、偽《にせ》爆弾では、ありましたが、爆薬を仕掛けた、十人ほどの、男たちがいます。この十人と、重なるかどうか、分かりませんが、三組の人質を誘拐した、犯人がいます。少なくとも、六、七人はいると、思われます。それから、横田車掌と江上を拘束《こうそく》した、二人組もいます」

「多く見積もれば、二十人ほど。少なくとも、十二、三人が、犯行に、加わっているというわけか。乗客にまぎれていた四人を、別にしてだ」

「部長、その人数のことなのですが、犯人グループとしては、多すぎるような気が、するのですが」

「どうしてだね？」

「十二、三人から、二十人近くもの人間を、束《たば》ねて、犯行を行い、見事に、かき消えています。いまだ、だれ一人として、消息がつかめていません」

「それで?」

「考えてみれば、偽の爆薬を仕掛けた十人ほどは、犯罪といわれるほどのことは、何も、やっていません。せいぜい、花火を、仕掛けたのと、同じ程度です。それを、悪用して、二億円を振り込ませた、犯人はいますが、その犯罪とは、切り離して、考えるべきでは、ないでしょうか?」

「じゃあ、その十人は、いったい、どういった、人間なんだ?」

「まったくの、私の、想像ですが……」

「いってみたまえ」

「身代金要求の、携帯電話の購入者名と、身代金振込口座の名義人は、同姓同名、住所も、同じでした。しかし、登録住所と、本籍地に、照会したところ、失踪《しっそう》状態でした。私どもは、ホームレスから、戸籍を買ったのではないかと、推測しました」

「それについては、道警の佐々木警部も、同じ意見だった、とか」

「ええ。ですから、犯人グループのなかに、ホームレスと、つながることのできる、人間がいたと、考えられます。偽爆薬の設置に、かかわった、十人ほどの人間も、ホームレスだったのではないかと、推測できます」

「いちどきに、十人もの、ホームレスを、集められるのかね？」

「アルバイト料を支払い、札幌、函館、小樽などから、集めれば、可能じゃないでしょうか」

「どういって、集めたんだ？」

「四角い箱を、車輛の下に、引っかけてほしい。簡単な作業だ、とだけいって」

「犯罪とは知らず、ただ単純な作業に、かり出された、というのか？」

「何も知らせず、作業が終われば、車に乗せ、それぞれの町に、送り返したのだと、思われます。作業自体は、十五分くらいで、終わっています」

「だれも、まったく、不審をいだかなかった、というんだね？」

「作業中、列車のなかは、明るいですから、乗客の表情を、見ることはできます。あの時点では、乗客の表情に、恐怖などは、ありません。安全点検の作業中だと、思っていたわけですから。十人の作業員は、自分たちのやっていることに、なんの不審も、持たなかったはずです」

　十津川は、さらに、つけ加えた。

「犯行の首謀者《しゅぼうしゃ》は、極力、犯罪人を出さないよう、気配りしているようにも、思えます。四人の転職組も、犯罪に、手を染めたとは、いまの段階では、いえません。誘拐犯の、二人組二組は、実行犯ですから、犯罪者です。しかし、残る三人の失踪者が、誘拐されたかどうかは、まだ、確定されていません」

「君は、三人が、誘拐されたのではないと、いうのか？」

三上が、驚いた表情で、いった。

「そこまでは、断定していません。しかし、失踪した三人のうちの一人は、格闘術にも、長《た》けていたはずです。それに、護身用の武器も、携行していたはずです。そんな人間を含めた、三人の人間を、誘拐するのは、容易ではありません。抵抗するはずですから。しかし、同じ五号車に乗っていた、他の乗客は、人が争ったような物音は、きいていません。加えて、三人の身代金を要求するような連絡も、いまのところ、入っていません」

そこまでいって、十津川は、三上に、目で問いかけた。

失踪者三人について、詳しい情報を、部下たちに話してもいいかと、うかがいを立てたのである。

三上は、仕方がないといった表情で、うなずいた。

事態がここまで、煮詰まってきて、捜査を円滑《えんかつ》に進めるには、グエン元大統領について、説明する必要があった。

十津川は、失踪者三名について、説明したあと、念のため、まだ、極秘事項だと、伝えた。

刑事たちに、意外だといった表情は、なかった。うすうす、重要な人物にかかわることだと、感じ取っていたのだろう。

「いままで、事件がどう展開するか、分からなかったので、みんなには、話さなかったのだが、ここで、私の考えを、述《の》べたい」

そう、前置きして、十津川は、以前、亀井に、語った、二つの意思について、話した。

十津川が、話し終わると、

「君は、二つの意思が、手を組んで、犯行に及んだと、いうんだね？」

三上が、確認した。

「そう思われてなりません。一億円振り込みの脅迫電話を、かけてきたのは、別々の、二人の男です」

「二つの意思があるとして、その二つの犯人グループは、どういった理由で、手を結んだんだ？」

「そのところが、解明できれば、事件は、解決すると、思います」

「よし、いいだろう。では、どこから、捜査を始めるつもりなんだ？」

「関東高速道路会社関連の転職組四人と、八年前に、ボランティアに出かけた、佐久裕之には、北海道警の佐々木警部たちが、張りついてくれています。われわれは、関東高速道路会社の周辺から、捜査に当たります」

十津川が、いった。

2

関東高速道路会社は、首都圏、および東京都と関東各県を結ぶ、高速道路の、経営・管理に当たっている。

経営に、問題は、起こらない。赤字になれば、国が、補塡《ほてん》してくれるからだ。そのかわり、料金収入で、利益を上げてはいけないという、足枷《あしかせ》が、はめられている。

経営陣は、のんびりしていた。血眼《ちまなこ》になって、経費削減《さくげん》や、合理化に取り組む、必要がないからだ。だから、社風は、いたって大らかで、波風を嫌う傾向にある。

十津川は、いくつかの、新聞記事などを読んで、そう感じていた。

そこへ、風雲児のごとく、朝倉慶介という男が、現れたらしい。

朝倉慶介は、秋田県出身。都内の有名大学を卒業して、旧道路公団に入社。以来、一貫して、行政当局との、調整役を、務めてきた。

現在、朝倉は、六十二歳。妻は、三年前に、ガンで亡くなっていた。子どもは、いない。新宿区内の、2LDKの賃貸マンションに、一人住まいだという。

十津川と、亀井は、ふたたび、関東高速道路会社の、高城保から、話を聞いた。

「朝倉さんは、若いころから、道路行政ひと筋に、生きてこられた方です。遠慮のない方でした。新聞や、オピニオン雑誌などで、道路行政の改革を、訴え続けてこられたんです」

「硬骨漢《こうこつかん》なのですね」

十津川が、いった。

「主張を曲げるようなことは、ありませんでした。大臣クラスの方との面談でも、位《くらい》負けすることは、なかったと、思います」

「遠慮がなかったとは、どのようなところが？」

「朝倉さんの持論は、旧公団から、民営化された、各高速道路会社の、経営の自立でした。ご存じのように、高速道路会社の株式は、百パーセント、国が持っています。

当然、国は、高速道路会社の経営に、口を挟んできます。もちろん、道路行政の発展のために、国が、経営に参画《さんかく》してくれるのは、いいのですが……」

「国が、高速道路会社の経営に、干渉《かんしょう》するのは、ある程度、仕方ない、ということですか?」

「百パーセントの株式を、握っているのですから、現状では、国からの干渉は、いたしかたないでしょう。ただ、政権が変わるたびに、正反対の政策を、押しつけられては、われわれは、右往左往するばかりです。衆議院選挙に、小選挙区制が、導入されて以来、政権の交代が、起こりやすい環境に、なっていますからね」

「つまり、朝倉さんは、現状では、国の介入も、ある程度は、認める。しかし、政権が、変わっても、政策の一貫性は、保ってほしい。そう、おっしゃっていたのですか?」

十津川が、確認した。

「表向きは、そうです。しかし、本心は、経営の独立です。国の介入を、排除したい、ということでした。ただ、朝倉さんご本人は、持論《じろん》ばかり並べるのは、自重《じちょう》しようと、思っていらっしゃったようですが」

「ご本人は、そう思っていたけれど……?」

「周《まわ》りから、見ていると、とてもとても」

「『頭隠して、尻隠さず』ですか？」

「ええ。丸見えでした。しかし、その剛胆《ごうたん》さというか、磊落《らいらく》さが、私たちには、魅力でしたが」

「高速道路会社の、経営の自立という、朝倉さんの主張は、分かりました。ほかに何か、おっしゃっていたことは、ありませんか？」

今度は、亀井が、きく。

「格差の是正です。鉄道行政と、道路行政とのあいだにある格差を、なくすべきだという、主張です」

「鉄道行政と、道路行政のあいだには、格差があるのですか？」

「これは、微妙な問題です。現状のとらえ方によって、意見が分かれると、思います。国の経済の活性化や、地方の過疎化問題も、絡んできます」

「たとえば、具体的には、どのような？」

「最近では、北陸新幹線、北海道新幹線、さらには、リニア中央新幹線計画と、鉄道行政は、脚光を、浴びています。それに対して、われわれ道路のほうは、現状の保守や整備など、地味な印象が、強いですから」

「かつては、本州四国連絡橋や、東京湾アクアラインの建設など、道路行政も、話題を呼びました」

「ですから、その時代時代によって、政策の重点が、変わるのは、いたしかたありません」

「高城さんは、時代の必要性によって、政策の重点が変わるのは、当然だと、思っていらっしゃる。ところが、朝倉さんは、格差があると、不満を持っておられた？」

「ええ。その一点だけは、私と、朝倉さんの考えは、違っていました」

「それが、高城さんが、会社を辞められなかった、理由ですか？」

「それだけでは、ありませんが」

「それ以外の、こととは？」

「いえ、個人的なことです」

そういって、高城は、ことばをにごした。


「高城保と、朝倉慶介には、考えに、温度差があったようだな」

高城と別れたあと、十津川は、亀井に、いった。

「朝倉慶介の退社に殉《じゅん》じるように、若手社員四人が、つぎつぎに、関東高速道路会社を、辞めていきました。しかし、高城は、会社に残っています。警部が、温度差があったといわれるのは、そのあたりも、関係しているのでしょうか？」

「たぶん、そうだろう。江上由紀夫や、坂田章は、関東高速道路会社を辞めても、すぐに、つぎの職場を、見つけている。他の会社を辞めた、山本有也や、村松洋一郎も、同様だ」

「関連会社に、強いコネを持つ、バックがいたんでしょうね」

「そう考えていいだろう。しかし、それなら、高城だって、退職することに、不安は、なかったはずだ。しかし、高城は、退職していない」

「高城は、個人的な問題で、朝倉のあとを、追わなかった、と匂《にお》わせていました」

「朝倉が、やろうとしていることに、ついていけないと、思ったのかもしれない」

「朝倉が、やろうとしていたことって、なんですか？」

「たとえば、『トワイライト』をトレイン・ジャックするような」

十津川は、はじめて、朝倉慶介と、トレイン・ジャック事件を、結びつけて、いった。

3

十津川と、亀井は、その足で、新宿西口にある、超高層ホテルに、向かった。

朝倉慶介が、ホテルの裏にある、レストラン・バー「ギャバン」に、よく通っていたらしいと、高城から、聞いたからである。

夕方の五時半だった。

こぢんまりした、落ち着いたレストラン・バーだった。

カウンターが五席に、四人がけのテーブルが二卓。オーナー一人で、切り盛りしているようだった。

カウンターの向こうの棚には、百本近い、モルトウイスキーの瓶《びん》が、並んでいた。

オーナー兼バーテンダーの末次《すえつぐ》は、五十代半ばに見えた。

十津川と、亀井は、手帳を出し、身分を名乗ると、開店準備の忙しい最中の、訪問を詫《わ》びた。

警視庁捜査一課の刑事と聞いて、末次は、怪訝《けげん》な顔をした。

「ご心配なく。こちらの店を、調べに来たわけでは、ありません。われわれが、捜査中の事件に、関係した人物が、かつて、朝倉慶介さんの部下でした。その男性は、朝倉さんを、非常に、尊敬していた。それで、朝倉さんのお人柄を、知りたいと思いました。こちらのお店に、よく通われていたと、関東高速道路の高城さんから、おききしたものですから」

「ああ、高城さまですね。何度か、朝倉さまと、ご一緒に、お見えになっています」

十津川が、高城の名前を出したことで、末次は、やや、緊張を解《と》いたようだった。

「朝倉さんは、お仕事に熱意を持っておられ、人柄も、豪放磊落な方だったと、会社で、うかがってきました。こちらでは、どのような感じでしたか？」

十津川は、ことさら「会社」を、強調した。すでに、関東高速道路会社で、きいてきたと、匂わせることで、末次の警戒を、解こうとしたのである。

「朝倉さまは、よくいらしてくださいますよ。週に二、三回くらいでしょうか」

「よほど、こちらの店が、気に入っておられるんですね」

「ありがとうございます」

末次は、ニッコリして、軽く、頭を下げた。バーテンダーの修業を積んだことを、うかがわせる所作《しょさ》だった。

「朝倉さまは、物静かなお方です。いつも、その右端のスツールに腰掛けられ、上体を壁に、あずけておられます。ふだんは、ウイスキーをロックで、三、四杯。チェイサーもおつけしています。タバコは、吸われません。だいたい、一時間から一時間半ほどいらして、お帰りになられます。お酒を過ごされるということは、ありませんね」

「こちらでは、どんな会話を、されますか？」

「お仕事の話は、いっさい、されません。朝倉さまの、流儀なんでしょうね。もう、三十年近く、お付き合いさせていただいていますが、それは、まったく、変わられません。ニュースになったことなどは、話されますが、たいていは、ごく一般の、世間話です」

「三十年も、前からですか？」

亀井が、驚いたように、きいた。

「私の父の代からの、お客さまです。旧道路公団生《は》え抜きの方で、副社長にまで、なられましたから」

「会社での朝倉さんのことで、何か、耳にされたことは、ありますか？」

十津川が、きいた。

「仕事柄、さまざまな噂《うわさ》は、入ってきます。ただ、私が、それをお話ししても、刑事さんが、うかがってこられたお話と、変わりばえしないと、思いますが」

「それでも、けっこうです」

「そうですねえ。大変に、優秀な方です。頭も切れるし、ご自分の意見も、はっきり、述べられたそうです。ただ、少しばかり、頭がよすぎるので、上司と、意見が合わないことも、たびたび、あったようです。定年前に、お辞《や》めになったのも、そういったことの積み重ねが、理由だったのかもしれません」

　末次は、そつのない、受け答えをした。

「会社を辞められてから、何か、朝倉さんに、変わった様子は、ありませんでしたか？」

「辞められたのは、一年前です。ここにお見えになるのが、一時間ほど、早くなられました。一時期、体調を崩されたようにも、見えましたが、お酒を召し上がるときのお姿は、以前と、お変わりありません。かえって、潑剌《はつらつ》とされているようにも、お見受けしました」

「不思議ですね。朝倉さんにとって、退職されることは、不本意だったと、思うのですが。以前より、お元気だったのですか？」

「そう見えました。辞められてからは、お時間ができたのでしょう、つぎつぎに、雑誌や新聞に、ご自分のお考えを、寄稿されていたようです」

「お読みになったことは、ありますか？」

「職業柄、大切なお客さまについては、少しは、気をつけています。とはいっても、当たり障《さわ》りのないことばかりですが」

末次は、そういって、笑った。

そういえば、銀座の一流クラブのホステスも、代表的な新聞には、毎日、必ず、目を通すと、きいたことがある。話題のベストセラーも読んでおく。そうでなければ、接待役は、務まらないらしい。どの世界も、厳《きび》しいのだ。

「もし、よかったら、感想を、おきかせ願えませんか？」

十津川が、遠慮して、口に出せなかったことを、代わりに、亀井が、きいた。

末次は、十津川を見て、苦笑した。

「いえ、ここだけの話です。一般の方なら、どんな感想を持たれるのか、と思いましたので」

十津川は、いった。

末次は、宙を、にらんでいたが、

「論旨《ろんし》は明晰《めいせき》、舌鋒《ぜっぽう》鋭い、カミソリのような、ご意見だったと、思います」

一語一語、ゆっくりと、気をつけて、いった。

十津川は、それらの言葉の、裏にあるものを、感じていた。

「その鋭いカミソリで、傷つく人間もいる、ということですね？」

亀井が、いった。

「さあ、どうでしょう。朝倉さまの、いらした会社は、以前は、国策会社でした。国とは、一面、政治そのものでしょう。そして、政治は、政治家が、動かします。政治家には、必ず、党派があり、派閥《はばつ》が、生まれます。下世話《げせわ》に、族議員と、いわれる方も、おられます。それぞれのお立場の、お考えがあります。その均衡点《きんこう》が、政治だと、私は、思っています。その均衡の片方に、少し加重すれば、振り子は、また、反対に振れることも、あるでしょう」

末次の、いわんとすることは、よく分かった。

「なるほど。向かい風も、強くなる、ということですね」

亀井が、いった。

「最近、朝倉さんに、変わったことは、ありませんか？」

十津川が、きいた。

「ここ一カ月ほど、お顔をお見せになりませんが。どこか、ご旅行にでも、行かれたのでしょうか」

4

「末次さんが、あそこまで、いわれるのなら、朝倉に吹いた逆風は、かなり、すごかったんでしょうねえ」

「ギャバン」を出て、新宿駅に向かいながら、亀井が、いった。

二人の前後左右には、帰路を急ぐサラリーマンや、ＯＬが、溢《あふ》れていた。

駅に向かうのだから、人の流れに沿《そ》っていけばいいのだが、それでも、何度も、ぶつかりそうになり、歩きづらかった。

「カメさん、朝倉は、呼び捨てなのに、末次『さん』なんて、彼の考えに、感化でもされたのかい？」

十津川は、笑いながら、いった。

「いえ、そうではないんですが。さすがだとは、思いました。大会社の副社長が通うバーの、バーテンダーって、あんなふうじゃないと、務まらないんですね」

「バーテンダー修業でも、してみるかい？」

「ご冗談でしょう。長年しみ込んだ、刑事の臭《にお》いが、消えるはずがありません。客が、逃げてしまいます」

「たしかにそうだ。人の話をきくのではなく、急所を突くのが、われわれの仕事だからね」

「でも、一回くらいなら、あの店のバーテンダーを、やってみたいですね。私だって、捨てたもんじゃないですよ。付《つ》け焼刃《やきば》でも、ひと晩くらいなら、務まるんじゃないでしょうか」

「カメさんの、バーテンダー姿なんて、想像もつかないよ」

そこまでいって、十津川は、立ち止まった。

後ろから歩いてきた、若いＯＬが、十津川にぶつかりそうになった。十津川をにらんで、横を通り過ぎていく。

「警部、どうされたんです？」

亀井も、立ち止まって、きいた。

十津川は、ふたたび、人の流れに合わせて、歩き始めた。

「カメさん、いま、一日だけの、偽バーテンダーって、いったね」

「警部、まさか、本気に受け取ったんじゃないでしょうね？　冗談ですよ、もちろん」

十津川は、亀井のことばをさえぎるように、いった。

「佐久裕之のことだよ。佐久は、『トワイライトエクスプレス』に、乗っていた。だから、広田夫妻を、誘拐したり、ＪＲ北海道本社に、脅迫電話は、かけられない。われわれは、そう、考えていた。しかし、もし、だれかほかの人間が、佐久になりすましていたとしたら、どうだろう？」

「しかし、佐久は、自動車運転免許証を、呈示しています」

「係官は、本人と、写真を、しっかり見比《くら》べただろうか？　写真よりも、氏名や現住所のほうに、注目したんじゃないだろうか？」

「たしかに、人質は、百四十人もいましたから、係官は、てんやわんやだったでしょう」

「それに、体育室の照明は、ほかの部屋より、暗いからね」

「背格好や、顔の似た男が、佐久になりすましていても、気づかれない、と？」

「免許証は、写真つきの、もっともたしかな、身分証明書だ」

「健康保険証には、住所はありますが、写真はありません。パスポートも、写真は印刷されていますが、住所は、印字されていません」

「運転免許証なんて、毎日の生活に、欠かせないものだ。必ず、本人自身が、持っているはずだという、先入観がある」

「身代わりだったとしたら、いま北海道警が、見張っている男は、何者なのでしょうか？」

「佐久本人だよ。完璧《かんぺき》なアリバイがあると、思っているから、逃げも隠れもしない。身代わりの男は、とっくにどこかに、逃げている」


警視庁に戻った十津川は、さっそく、北海道警の佐々木警部に、電話を入れた。

若い刑事が、応対した。佐々木警部は、在席していないというので、折り返し、かけ直すという、返事だった。

しばらくして、佐々木から、電話があった。

「その後、佐久裕之に、動きはありますか？」

十津川が、きいた。

「いいえ。新たな動きは、ありません。毎日、近くのコンビニに、アルバイトに行って、仕事が終わると、真っ直《ま》ぐ《す》アパートに、戻っています。警戒しているのでしょうか？」

「そうかもしれません」

といって、十津川は、人質の、佐久裕之は、偽者の可能性があることを、伝えた。

「十津川さんの、ご指摘どおりかも、しれません。あの日、事情聴取にあたったのは、八人です。交通課の警察官も、動員しました。それでも、一人あたり、二十人近くを聴取しなければなりません。そこに、免許証を呈示してくれれば、係官は、これ幸いと、書き写していったでしょうね。顔写真は、小さいですし、体育室は暗い。チラッと見比べた程度なら、分からない。もしかしたら、見過ごしたのかも……。申し訳ない」

「いや、だれが担当しても、同じだったでしょう」

佐々木警部が、恐縮するので、十津川は、話を変えた。

「それにしても、救出された人質の、食事なども、用意されたのでしょう？」

「ちょうど、時分《じぶん》どきでしたから」

「経費節減のおり、係の方は、しぶい顔だったのでは、ありませんか？」

「本部近くのコンビニから、おにぎりが、全部消えた、といわれました」

佐々木が、笑って、いった。そしてすぐに、ことばをあらためた。

「佐久裕之は、実行犯の一人と見て、いいんでしょうか？」

「その可能性が高いと、われわれは、考えています。以前、お伝えしたことに、少し補足させていただきます」

十津川は、もう少し詳しく、グエン氏と、佐久裕之のかかわりを、佐々木警部に、説明した。

「残る、失踪者三人のうちの一人は、東南アジアのある国の、要人です。テロのおそれがあったため、『トワイライト』には、変装して、乗車しました。護衛役も、一緒です。佐久は、その要人と、八年前に、接触しており、面識があります。ですから、佐久の役割の一つは、札幌駅で、乗客のなかから、その要人を、見つけ出すことだったのではないかと、考えています」

「佐久が、その要人を、見つけ出し、犯人グループが、誘拐したと、いうことですか。目的は、なんなのでしょう？」

「そこは、まだ、分かっていません。殺傷《さつしよう》目的ではないと、思います。しかし、身代金目的でもない。まだ、身代金を要求する電話は、かかってきていませんから。推測が、つかないのです」

「一つ、おききします。その要人は、東南アジアのその国で、非常に、影響力のある方なのですね？」

佐々木警部は、鋭いところを、突いてきた。

「影響力があるというか、影響力を、発揮できるかどうかの、境界線上に立っている、といったほうが、適切でしょう。奥歯に、物のはさまったような、いい方しかできず、恐縮ですが」

「いえ、そこまで、おきかせいただければ、十分です」

佐々木は、なぜ、途中から、警視庁が中心になって、捜査を進めるようになったのか、納得した。東南アジアのある国の、要人のせいだったのだ。

警視庁への指令は、おそらく、政権中枢《ちゅうすう》に近いところから、出されているのだろう。

要人の救出は、至上《しじょう》命令なのだ。

5

「これは、まだ、仮説の域を出ないのですが、われわれのほうで、検討したことが、あります」

十津川は、佐々木警部に「二つの意思」について、話し始めた。

「世間を騒がせている、第一の意思は、佐久裕之が、加わっているグループでしょう。ゴム風船爆弾、『のぞみ21号』爆破のいたずら電話、それに身代金騒ぎなどを、実行しています。そして、第二の意思は、『トワイライト』を、トレイン・ジャックしたこと、車輌代金を、要求したことなどです。要人の誘拐も、第二の意思だと、思っています」

「十津川さんのおっしゃる、第一の意思のグループですが、私には、そのグループの輪郭《りんかく》が、見えてきません。第二の意思については、『道路』と『建設』で、結びつくグループですね？　こちらは、よく、分かります。その中心になるのは、関東高速道路会社、それに、朝倉慶介だと考えて、間違いないと、思います」

「問題は、第一の意思と、第二の意思が、どこで、交錯《こうさく》したのか、という点です」

十津川が、いった。

「佐久裕之か、あるいは、佐久のグループのだれかと、朝倉慶介のグループのだれかが、どこで出会ったのか、ということですね？」

「あれだけ、大がかりな事件を、起こして、いまのところ、見事に、逃げおおせています。資金力、人員の集約力、犯行の計画力は、なみたいていのものでは、ありません。その全体を、統率《とうそつ》できた人物といえば、朝倉慶介をおいて、ほかには、考えられません」

「その、朝倉慶介にはない『能力』が、佐久裕之の、要人を見分けると、いうものでしたね？」

「そうです。その意味では、第一の意思のグループと、第二の意思のグループとの、結びつきというよりは、佐久裕之と、朝倉慶介の、結びつきといったほうが、いいと思います」

「分かりました。朝倉と、その要人については、警視庁に、お任せするしか、ありません。われわれは、佐久裕之と、『道路』や『建設』でつながる、四人の動きを、引き続き、監視します。しばらくは、動かないでしょうが、そのうち、きっと、動き出すでしょう。根気よく、粘《ねば》ってみます」

佐々木警部は、そういって、電話を切った。

(根気よく、というわけには、いかない。R国からの密使の、滞在期限が、迫っている。ここ、数日が、勝負だ)

十津川は、心を、引き締めた。

十津川は、外務省の、山野辺課長に、問い合わせの、電話を入れた。

「以前に、お話をうかがったとき、グエン氏の、大統領時代には、多くの政財界人が、R国を訪問したと、おっしゃっていましたね。どういった団体の方が、多かったか、教えていただけますか？」

「政界人では、もちろん、与党の有力者が、大半です。政府は、おもに、経済協力に、重点を置いていましたので、経済産業省や、財務省の方々も、同行しています。財界関係では、繊維《せんい》産業と、家電産業の方が、多かったと、記憶しています」

「繊維産業と、家電産業ですか」

「そうです。戦後の日本の復興も、そうでしたが、設備投資が、比較的安くてすみ、現地の人件費の安さを、生かすことができる産業です。発展途上国にとっては、手っ取り早い、外貨獲得の手段です」

そういえば、むかし、日米繊維交渉といったことばが、よく、使われていた。日本の繊維産業に押されて、アメリカの繊維業界が、衰退していったため、アメリカ政府から、日本政府に対して、強硬に、輸出規制を、求めてきたのだ。

日本は、繊維産業で、外貨、すなわちアメリカドルを、手に入れ、それを、重工業部門の拡充に、回したと、聞いている。

「ほかにも、エネルギー関連の企業も、たびたび、R国を、訪問しています。国の経済の根幹は、エネルギーの、確保です。R国では、石油の埋蔵量は、少なくないのですが、掘削《くっさく》技術が、ありません。それを、援助しようと、いうものでした。エネルギーに関していえば、ダム建設も、重要な課題でした」

「電気が得られるし、治山治水《ちさんちすい》もできると、いうわけですね？」

「おっしゃるとおりです。R国は、河川に恵まれていましたが、洪水対策は、なされておらず、雨季には、たびたび、水害が起こりました。エネルギーの確保と、洪水対策が急務なR国では、ダム建設は、一石二鳥だったのです」

「インフラ関連の企業からも、人員を派遣されたと、おききしたと、思いますが」

「そうです。上下水道、道路網、鉄道網の、整備などです」

「道路網の整備とは、具体的に、どのようなことでしょう？」

「たび重なる、政変や内乱で、R国内の道路は、寸断されていました。まずは、これらの一般道を、修復するのが、課題でした。ついで、国土開発計画にしたがって、高速道路の建設も、視野に入れていました」

「ということは、旧道路公団の関係者も、行かれていますね？」

「すでに、民営化されていましたから、高速道路会社の、関係者です」

「その方たちの、渡航記録は、残っていますか？」

「道路関連の、渡航者ですか？」

「そうです」

「調べれば、分かると思います」

「では、元関東高速道路会社の、朝倉慶介という人物の、R国への渡航記録を、調べていただけますか？」

「その人物が、グエン氏失踪と、関係があるのでしょうか？」

「その可能性が高いと、われわれは、考えています」

「分かりました。調べさせますので、少し、時間をいただけますか？　分かり次第、ご連絡します」

山野辺課長は、そういって、電話を切った。

三十分後、朝倉慶介の、R国への渡航記録が、警視庁捜査一課のパソコンに、送られてきた。

さっそく、捜査会議が、開かれた。

「容疑者は、少しずつ、絞《しぼ》り込めているようだが、期日が、迫っている。早急に、事態を収拾《しゅうしゅう》しないといけない。何か、手立ては、あるのかね？」

三上刑事部長が、十津川に、いった。

「そろそろ、朝倉慶介本人に、会ってみようと、思っているのですが、きっかけがないのです」

「どういうことだ？」

「朝倉の関与を示す、物的証拠が、まったく、浮かんでこないのです」

「状況証拠は、あるんだろう？」

「はい。というよりも、いままでの捜査の結果を見れば、陰で犯行を指示している人物は、朝倉以外にはいないと、考えています」

「どうも、はっきりしないな」

「先ほど、外務省の山野辺課長から、朝倉慶介の、R国への渡航記録が、送られてきました。それによると、朝倉は、過去に五回、R国へ入国しています。そのうちの一回は、八年前の八月上旬です。佐久裕之が、ボランティアで、R国に渡った時期と、同時期です」

「朝倉と佐久が、そこで出会った可能性が、あるということか？」

「おそらく、そうだと思います。しかし、そうなると、私の推測とは、辻褄《つじつま》が合わなくなってしまいます」

「どんなところがだ?」

「以前、二つの意思があるという、話をしました。第二の意思が持っていない『能力』を、第一の意思が補った、というものです」

「第二の意思が、犯行の舞台を、提供するかわりに、第一の意思の『能力』を、借りるということだったね」

「その『能力』を、私は、グエン氏を見分けることだと、思っていました」

「そのとおりだ。現実として、グエン氏は、犯人グループに、拉致《らち》されているじゃないか」

「しかし、第二の意思の首謀者だと思われる、朝倉慶介は、グエン氏と、面識があると、考えられるのです。関東高速道路会社時代に、五回もR国を訪れています。当然、道路整備計画の立案や、具体的な進め方について、R国政府と、協議しています。ですから、わざわざ、第一の意思のグループに、助けてもらう必要は、なかったのです」

「朝倉が、犯行当日、札幌駅に行けない事情が、あったのではないですか?」

亀井が、いった。

「たとえば、どんなことだ?」

「犯行の計画上、物理的に、札幌に行けなかったとか、あるいは、病気で、行けなくなったとか」

「ありうるかもしれんな」

三上が、亀井の意見に、同調した。

「レストラン・バー『ギャバン』のバーテンダーの末次が、いってたじゃないですか。朝倉は、関東高速道路会社を、辞めたあと、一時期、体調を崩していたと。それに、ここ一カ月ほど、顔を見せていないとも。病気の可能性も、あります」

亀井が、いった。

「朝倉も、六十歳を過ぎている。かかりつけの医者だって、いるはずだ。まず、そのあたりから、調べてみては、どうだ？」

「分かりました。朝倉本人に会う前に、調べておきます」

十津川が、答えた。

6

昼休みの時間を見はからって、十津川は、関東高速道路会社の、庶務課に勤める、小野聡美の携帯に、電話を入れた。

同じ会社の、高城保に、きいてもよかったのだが、庶務課の小野聡美のほうが、知りたいことが、分かるのではないかと、思ったのである。

「警視庁捜査一課の十津川です。先日は、お忙しいところ、ありがとうございました。その後、坂田さんは、事件のショックから、立ち直られましたか？」

十津川が、聡美を訪ねたことは、すでに、坂田には伝わっているだろう。今回の電話のことも、同様だ。十津川はそう考え、坂田に疑われないよう、ことばを選んだ。

「お気づかい、ありがとうございます。見かけによらず、大らかなところもあるようで、事件を引きずっているようなことは、ありません。ふだんどおり、お勤めにも行っているようです」

小野聡美が、答えた。

「それはよかったです。ところで今日、お電話を差し上げたのは、そちらの会社のことで、教えていただきたいことが、ありまして」

「はい。なんでしょうか？」

「会社では、年に一、二回、集団検診をされていると、思うのですが、どこの医療機関に依頼されているのでしょうか？」

「集団検診、ですか?」

「坂田さんが、尊敬されていたという、元副社長の朝倉慶介さんが、以前、体調を崩されたことがあると、うかがいました。もし差し支えなければ、朝倉さんが、かかりつけにしておられた、病院の名前を、お教えいただければと、思いまして」

「副社長の……」

小野聡美は、訝《いぶか》しげに問い返した。

「それが、事件と、関係があるのでしょうか?」

「まだ、分かりませんが、可能性は、あります。事件解決のために、ご協力いただけませんか?」

「分かりました。保険の控えが、あると思います。しばらく、お待ちください」

小野聡美は、そういって、電話を切った。

しばらくして、小野聡美から、連絡があった。千代田区にある、T病院だった。病院の規模としては、大きいところである。

十津川は、礼をいうと、さっそく、亀井と、T病院へ向かうことにした。

T病院に着き、事務長を、呼んでもらうと、応接室に、通された。

ある事件に関係するので、朝倉慶介の主治医に面会したい、と告げた。事務長は、しばらくお待ちください、といって、応接室を、出て行った。

二十分ほど、待たされたころ、応接室のドアが、ノックされ、白衣を着た医師が、入ってきた。

「お待たせして、申し訳ありません。ちょうど、診察中でしたので」

医師は、谷岡《たにおか》と、名乗った。この病院の、副院長も務めており、担当は内科だという。事務長も、同席した。

「朝倉慶介さんの、健康状態について、おうかがいしたいのですが」

谷岡医師は、慎重だった。当然のことである。患者のプライバシーに関する、守秘義務があるからだ。

「朝倉さんの、健康状態を、刑事さんが、なぜ、お知りになりたいのでしょうか？理由をおきかせ願えなければ、お話しするわけには、いきません」

「ある事件を解明する、手がかりになるかもしれないのです。捜査中のことですので、詳しくは、申し上げられないのですが、捜査を前進させるためにも、ご協力いただけませんか。おききしたことは、けっして、公《おおやけ》にはしません。われわれのなかだけで、留《とど》めておきますので」

十津川は、谷岡医師を、説得した。

谷岡医師は、事務長と、顔を見合わせた。

「朝倉さんが、事件に関係しているなんて、私には、考えられませんが……」

「事件に関係していないと、おっしゃる根拠は、なんでしょう？　それは、朝倉さんの、お人柄に、鑑《かんが》みてのことでしょうか？　それとも、何か、別の事情があって、朝倉さんには不可能だ、という意味でしょうか？」

十津川は、谷岡医師の目を、のぞき込むようにして、きいた。

谷岡も、十津川の質問に、込められた意味を、理解したようだった。

谷岡医師は、腕組みして、目をつぶった。

「つぎに、朝倉さんが、診察にいらっしゃるのは、いつですか？」

谷岡医師は、無言のままだった。

「もしかして、こちらにはもう、いらしていないのですか？」

十津川は、ふたたび、きいたが、谷岡医師は、答えない。

十津川は、それ以上、何もいわず、返事を待った。

谷岡医師は、しばらく、そうしていたが、やがて、腕組みを解《と》き、深いため息をついた。

「可能性の問題として、朝倉さんが、事件に関与することは、ありえないだろう、とだけ、お答えしておきます」

谷岡医師は、やや沈んだ声で、いって、うつむいた。

朝倉には、事件に関与できない、理由があった、と担当医が、明言した。

朝倉は、事件に関与できないくらいの、重病の患者なのだ。

「一年ですか？」

十津川が、きいた。

谷岡医師は、動かなかった。

「半年ですか？」

反応はない。

「三カ月？」

まだ、動かない。

「一カ月、ですか？」

谷岡医師は、もう一度、ため息をつくと、顔を上げ、十津川を見た。

「分かりました。ありがとうございます。ご無理をお願いして、申し訳ありませんでした。お約束は、必ず、守ります」

十津川は、そういって、席を立った。

「警部、すごい、やりとりでしたね」

T病院を出ると、亀井が、いった。

「私は、唾《つば》を飲んで、見ていましたよ」

「医者というのは、つくづく、大変な職業だと、思うよ。患者の生命だけでなく、患者のプライバシーや、名誉も、守らなくては、ならないのだから」

十津川は、谷岡の、医師としての姿勢に、感銘《かんめい》を受けていた。

「でも、これで一つ、謎《なぞ》が、解けましたね」

「そうだな。やはり、朝倉は、札幌駅まで、来られなかった。佐久裕之の『能力』が、必要だったんだ」

「しかし、余命一カ月というのなら、どこで、療養しているんでしょう？　どこかの施設に、入っているんですかね？」

「入院しているとは、考えられない。それじゃあ、犯行の指揮は、取れないだろう」

「となると、どこにいるんでしょうね？」

「自分とのかかわりが、知られるような場所ではないことは、たしかだ」

「たとえば、偽名で、貸別荘を借りるとか？」

「大いに、ありえるね。ホームレスから買った戸籍で、住民票をつくり、その人物になりすますのは、難しくない。一年か、一年半の契約で、全額前金で払えば、怪しまれることもない」

「いったい、どこなんでしょうか」

「いまのところ、手がかりなしだ。しかし、そうなると、グエン氏の行動が、分からない」

「どういうことですか？」

「谷岡医師の様子だと、朝倉は、かなり衰弱していると、思われる。したがって、札幌駅には、行けなかった。おそらく、東京近郊にいるはずだ。一方、グエン氏が、誘拐されたとしたら、事件現場からは、車で、移動するしかない。しかし、そのままでは、本州には、渡れない。新千歳空港から、飛行機で飛ぶか、鉄道で、青函《せいかん》トンネルを抜けるか、函館港から、カーフェリーで、青森港か大間《おおま》港に、渡るしかない。いずれにしても、必ず、人目につくはずだ」

「常識的には、無理ですね。睡眠薬でも、飲ませて、眠らせておくとか」

「大の男三人が、無抵抗で、睡眠薬を飲まされるというのは、不自然だ。しかも、そのうちの一人は、護衛役だ。となると、考えられるのは、一つだけだ」

「なんでしょう。私には、さっぱり、分かりません」

「グエン氏は、朝倉に、協力したんだよ」

「グエン氏が、朝倉と、共謀して、『トワイライト』を、トレイン・ジャックしたと、おっしゃるんですか？」

亀井が、驚いた声を、あげた。

「いや、そうじゃない。誘拐されることに、協力したんだ」

「グエン氏が、進んで、誘拐されたと？」

「そう考えれば、すべての辻褄《つじつま》が、合ってくる」

「もし、そうだとして、グエン氏は、なぜ、朝倉に、協力したのでしょう？」

「そこまでは、分からない。ただ、誘拐されることに、協力しようと、グエン氏に、思わせる何かが、朝倉側には、あったんだ」

「ということは、グエン氏一行は……」

「朝倉と一緒にいる可能性が、高いね。東京近郊の、どこかに、潜伏しているはずだ」

「だとしたら、なぜ、外務省の山野辺のところに、無事を報《しら》せてこないのでしょうか。朝倉に、協力したというのなら、連絡することも、可能なはずです」

「グエン氏が、自分の意思で、連絡してこない、と考えたほうが、いいだろうね。さっきもいったように、グエン氏が、朝倉に協力しようと、思う事情が、あるに違いない」

「どんな、事情ですか？」

「朝倉が、余命一カ月ということを、グエン氏が、知らないとでも、思うかい？」

「朝倉に、同情して、ということですか？」

「グエン氏が、朝倉から、トレイン・ジャックの真相を、知らされたとする。当然、朝倉は犯罪者だから、逮捕される。それだけではない。犯罪と分かっていて、協力すると、決めたのだとしたら、連絡できるわけがないだろう」

「そうですねえ」

亀井は、そういうと、頭を抱《かか》えた。

第七章　箱根《はこね》の山荘

1

朝倉慶介は、重要参考人として、マークされた。だが、公《おおやけ》には、されなかった。グエン氏一行の消息が、まだ、つかめなかったからである。

グエン氏一行を、連れ去ったのは、朝倉のグループであると、断定してもいい。しかし、その動機が、分からなかった。

捜査会議が開かれ、十津川が、これまでに判明したことを、まとめて報告した。

「朝倉慶介が、東京近辺にいることは、ほぼ、間違いない。アジトのような場所に、潜伏している、可能性が高い。おそらく、一軒家だろう。そこに、グエン氏一行もいると、思われる」

刑事たちは、顔を見合わせた。だれもが、驚いた表情をしている。十津川は、さらに、続けた。

「朝倉は、一年前に、余命一年と、宣告されている。二カ月前に、T病院を訪れたのが、最後で、それ以降の足取りは、つかめていない。二カ月前の診断で、担当医の谷岡医師は、余命三カ月と、見切ったということだ。つまり、現時点で、朝倉の余命は、一カ月ということだ」

「朝倉は、余命一年を、宣告されたときに、今度の犯行を、計画したんでしょうね。そのころから、腹心の部下が、つぎつぎに、関東高速道路会社を、辞めていますから」

亀井が、いった。

「一年前といえば、『トワイライト』の車輌代金一億円の、振込先口座の会社も、一年前に、登記されています」

日下が、いった。

「会社が登記された、神奈川県逗子市の所在地は、半年後に、マンションが、建設されることになっていた。だから、犯人は、逗子に土地鑑があると、推測したのだが、そのとおりだった。朝倉は、関東高速道路会社の、副社長時代に、逗子に居住していた。高級住宅街と、いわれているところだ」

「知っています。有名な住宅地で、一区画三百坪、住民も、大企業の社長や芸能人など、ビッグネームが、多いと、聞いています」

亀井が、いった。

その高級住宅街は、逗子市のはずれに位置し、交通の便は悪い。しかし、住民たちは、バスにはほとんど乗らず、ハイヤーか、高級車のマイカーを、利用しているのだろう。

「朝倉は、関東高速道路会社を退職後、そこを売却し、都内に2LDKのマンションを借りて、そこに移り住んだ」

「自宅の売却金額は、一億円をはるかに超えるでしょうから、軍資金には、困りませんね」

「話を、元に戻そう。朝倉は、なんらかの治療を受けているはずだが、その病院や医師は、分かっていない。谷岡医師も、心当たりはないという。都内、関東近県の、おもだった病院に、問い合わせたが、該当者は、見つかっていない。しかし、朝倉の名前が、浮かんでこないからといって、彼が、東京近辺にはいないと、断定することはできない」

「犯人グループは、すでに、いくつかの戸籍を、詐称《さしよう》していますからね。ほかにも、手に入れている戸籍があるでしょうから、その名義で、治療を受けることも、可能です」

三田村が、いった。

「どこかの病院に、他人名義で、入院している可能性は、まったくないのでしょうか？」

北条早苗刑事が、きく。

「ないと思う。さっきもいったように、朝倉と、グエン氏一行は、一緒にいると、思われる。そんな大人数では、病院に長期間、居続けることは、不可能だ。それに、犯行の指揮をとるのにも、病院では無理だろう」

「訪問治療を、受けている可能性が、ありますね」

「そうだ。それに、朝倉の身の回りや、グエン氏一行の、世話をする人間も、必要だ」

「それも、朝倉の腹心たちが、やっているのでしょうか？」

「おそらく、そんなところだろう。車掌の江上由紀夫や、坂田章と、同じ時期に、関東高速道路会社を辞めた、二人の男の、その後については、再就職先も、新しい住所も、分かっていない。転出届は、出していないのに、その住所からは、引っ越している」

「他の会社の人間も三人、朝倉を追うように、会社を辞めています。同じように、別の会社を辞めている人間が、もっといるかもしれません」

「先ほど話に出た、住宅の売却代金のほかにも、朝倉は、多額の退職金を、手にしている。再就職先の不明な人物の生計も、朝倉の資産で、まかなわれているのかもしれない」

「余命が尽《つ》きるまで、朝倉個人に、就職するという、形ですね」

「考えられないことじゃない」

そこで、十津川は、一呼吸おいて、話を続けた。

「第一の意思のグループの、佐久裕之には、まったく、動きがない。佐久の動きを待っていては、時間だけが、経《た》ってしまう。朝倉には、残された時間がない。必ず、近いうちに、なんらかの動きを、見せるはずだ。突破口は、そこにあると思う」

「北海道警が、重要参考人の五人に、張りついてくれている。君たちは、そこに合流してくれ。道警には、許可をとってある」

三上刑事部長が、いった。

十津川と亀井は、「トワイライト」に乗務していた、車掌の江上由紀夫を見張ることにした。

いままで、江上に張りついていた、北海道警の大山《おおやま》刑事が、二人を出迎えた。

大山は、二十八歳。高卒で警察官になった、キャリア十年目の、刑事だった。階級は、巡査長である。

「いまのところ、江上は、これといった動きは、見せていません。判でおしたような毎日です。乗車勤務の、二時間前には、自宅アパートを出て、会社に、直行します。勤務が、終わったあとは、近くの食堂で、外食をして、アパートに、戻ります。夕食のときは、ビールを一本程度、飲んでいるようです」

これまでの経過を、大山刑事は、十津川と亀井に、説明した。

「だれとも、会っていないのですか？」

十津川が、きいた。

階級は下でも、他の警察署の刑事なので、ことば遣《づか》いは、丁寧《ていねい》になった。

「はい。同僚にも、とくに親しい人間は、いないようですし、職場外で、だれかと、接触したということも、ありません」

「警戒しているのかな？　自分が、疑われる立場にいるのを、分かっているのでしょうね」

「事件後の、調書を読みましたが、とくに怪しいところは、ありませんでした。本当に、江上は、犯人グループなのでしょうか？」

佐々木警部は、十津川との約束を守って、部下の刑事たちには、詳《くわ》しいことは、話していないようだ。大山刑事も、ただ、尾行を命じられているだけなのかもしれない。

十津川は、大山刑事に、もう少し、事情を話すことにした。

「われわれは、朝倉慶介という人物の行方を、捜しています。朝倉が、見つかれば、今回の事件の全容を、解明できるのではないかと、考えています」

「その、朝倉とは、どんな人物なのですか？」

「一年前まで、関東高速道路会社の、副社長を務めていました」

「そんな人物が、事件に関係しているのですか？」

「偶然と呼ぶには、不自然なくらい、朝倉の周囲には、人間のつながりがあります」

「われわれが張り込んでいる、人物たちですか？」

「そうです。江上と坂田章は、かつて、関東高速道路会社で、朝倉の腹心の、部下でした。朝倉が、副社長を辞任したあと、二人とも、退職しています。佐久裕之は、八年前に、朝倉と会っている可能性が、あります。佐久は『トワイライト』の乗客、ということになっています。それに、山本有也、清水翔、村松洋一郎も、朝倉と、仕事上のつき合いがありました。それぞれ、東京の職場を退職して、北海道で、再就職しているのです」

「朝倉という男は、そんなに、影響力を持っているのですか？」

「有能で、人柄も魅力的な、経営者だったようです」

「それなのに、なぜ、会社を辞めたのでしょうか？」

「『出る杭《くい》は打たれる』の、ことわざもあるように、朝倉を、快《こころよ》く思わない人間も、いたのでしょう」

「では、今回の事件は、朝倉の、復讐《ふくしゅう》なのでしょうか？」

「それは、まだ、分かりません。『トワイライト』をトレイン・ジャックしても、むかしの会社への、復讐になるとは、思えないのですが」

大山は、熱心に、十津川の話を、きいていた。これまでの、捜査の断片が、少しつながったと、思ったようだった。

ただ、十津川は、グエン氏の件については、話さなかった。

大山刑事も、失踪《しっそう》中の、三人の乗客については、きいてこなかった。佐々木警部から、きかされていなかったのだろう。

その領域は、警視庁が担当すると、佐々木警部には、伝えてあったからである。

2

他の警視庁捜査一課の刑事たちも、それぞれ、道警の刑事と組んで、他の重要参考人を、尾行していた。

日下刑事は、山本有也を、三田村刑事は、坂田章を、北条早苗刑事は、清水翔を、西本刑事は、村松洋一郎を、見張ることになっていた。

警視庁の刑事が、道警に合流して、三日が経《た》った。

山本有也についていた、日下から、十津川に、連絡があった。山本有也は、八カ月前に、東京の信号機の設置・保守会社を、辞めて、札幌市内の、同業の会社に、再就職した男である。

「山本が、明日から、三日間の休暇届を、出しました」

「急なことだな」

「いえ、口頭では、一昨日《いっさくじつ》に、申し出ていたようです」

「届け出の、理由は？」

「親戚《しんせき》の、病気見舞いと、いうことです」

「行き先は？」

「東京です」

「よし、分かった。引き続き、見張ってくれ」

そういって、十津川は、携帯電話を、切った。

「動き出しましたか？」

亀井が、横から、きいてきた。

「山本有也が、親戚の病気見舞いに、東京に行くらしい。明日から、三日間だ」

「臭《にお》いますね」

「まだ、本当かどうか、分からない」

「しかし、五人の男のなかで、はじめての動きです。こちらとしても、助かります」

亀井が、ニヤリと、笑った。

続いて、西本刑事からも、十津川に、連絡が、あった。

「村松が、明日から、三日間、休暇を、取りました」

「何？　村松もか？」

「ということは？」

「日下が、張りついている、山本有也が、明日から三日間、休暇を取った。親戚の病気見舞いに、東京へ行くと、いうことだ」

「村松と、まったく、同じです。親戚の病気見舞いに、東京です」

「親戚が、急病で、倒れたというのなら、人事のほうでも、休暇願を、きいてやるしか、ないだろう。犯人グループに、何か、急がなければならない事情が、生じたのかもしれない」

「われわれも、万全の態勢で、奴の動きを、追います」

そういって、西本が、電話を、切った。

「当たり、ですね」

亀井が、満面の笑みで、いった。

「私は、三田村に、連絡する。カメさんは、北条早苗刑事に、連絡をとって、清水翔が、休暇を、とったかどうか、確認するように、伝えてくれ」

そして、大山刑事のほうに、振り向いて、いった。

「君は、ＪＲ北海道本社に、連絡して、江上が、休暇を、とったかどうか、確かめてほしい」

大山刑事は、うなずいた。

三十分後、尾行対象者の、五人全員が、明日から三日間、親戚の病気見舞いに、東京へ行くといって、休暇をとったことが、分かった。

「全員が、東京へ、ですか」

大山刑事が、がっかりしたように、つぶやいた。

十津川は、大山の表情を見て、思い当たることが、あった。

警視庁の刑事二人が、尾行している男が、東京へ行く。東京は、もちろん、警視庁の、管轄区域だ。だから、東京での尾行は、警視庁の刑事に、任せておけばいい。つまり、北海道内での尾行には、同行してもいいが、東京まで出張する、必要はない——上司は、そう、判断するだろうと、大山は、考えたのだろう。

どこの警察も、経費のやりくりに、追われている。とくに、遠くへの、出張には、神経質に、なるものだった。

亀井も、気づいていたのだろう。大山刑事の、肩を叩《たた》いて、

「がっかりするな。まだ、奴らが、本当に、東京に行くかどうか、分からないんだ。道内の、どこかに、集まるかも、しれない」

と、なぐさめのことばを、かけた。

「いや、君も、東京まで、行くんだよ」

十津川が、力強く、いった。

大山は、「えっ？」という、顔をした。

「だって、そうでしょう？　君も、感づいているでしょうが、警視庁の、われわれは、失踪中の三人を、追っています。三人を、救出することが、今回の、任務なんです。だから、君たち、北海道警の捜査にも、加えさせてもらっている。いい方を、変えるなら、われわれは、トレイン・ジャック犯を、追っているんじゃない。失踪者を、追っているんです。犯人を、追うのは、北海道警の仕事です。その領域に、踏み込むようなことは、われわれにはできません」

「じゃあ、私も……」

「もちろんでしょう。実行犯の、容疑が濃い江上が、どこかへ、出かけようとしている。それを、道警の君が、追わなくて、だれが追うんです。いまは、たまたま、われわれと君が、一緒に動いているだけなんです。佐々木警部なら、そのあたりのことは、よく、分かっているはずです」

十津川のことばに、大山刑事は、喜色《きしょく》を取り戻した。

「そうだな、行けるよ。東京だって、どこだって」

亀井が、息子を力づけるように、いった。


翌朝早く、五人が、それぞれに、動いた。

十津川は、部下の刑事たちに、緊密に、連絡をとり合うように、命じた。

江上由紀夫は、午前七時過ぎに、自宅アパートを出た。ショルダーバッグを、肩に下げていた。

亀井と大山は、徒歩で、江上を、尾行した。十津川は、北海道警が、用意してくれた、覆面《ふくめん》パトカーで、そのあとを追った。道警の若い刑事が、運転をしてくれている。

表通りに出た江上は、バス停留所で、バスを待つようだった。

それを見て、亀井と大山は、覆面パトカーに、乗り込んできた。

「あの停留所には、札幌駅行きのバスが、停まります」

大山が、いった。

五分ほど待って、バスがやって来た。

江上が、乗車したのを、確認して、覆面パトカーは、バスのあとを追う。

江上は、終点の、札幌駅前の停留所で、バスを、降りた。

十津川たち三人も、覆面パトカーを降りて、JR札幌駅構内に入る。

朝のラッシュで、混雑していたが、江上は、ゆっくりと歩いた。急ぐ様子はない。

十津川たちが、見失うことは、なかった。

江上が、券売機に並んだ。すぐ後ろに、十津川も並ぶ。

江上は、小樽までの切符を、現金で買った。スイカなどを使用すると、記録が残る。それを、避けたのか。

電車に乗ると、十津川は、車輛の端《はし》に寄って、

「小樽に、向かっている」

とだけ、小さくいった。無線で、部下たちに、報《しら》せたのである。

五十分近くかかって、電車は、小樽駅に、到着した。

車内の江上に、変わったところは、なかった。

小樽駅で、下車すると、江上は、構内を、歩き始めた。そして五分ほどすると、また、券売機の前に、戻ってきた。

そのころには、他の四人も、動いていた。江上と、同様の行動を、とっているらしい。

江上は、今度は、札幌までの切符を、購入した。

そして、一時間後には、札幌駅に戻り、そのまま、帰宅してしまった。

3

ほかの四人も、同じように、帰宅したという。

「カメさん、彼らの動きは、なんだったんだろうね？」

「私にも、何がなんだか、さっぱり、理解できません」

「逃亡の、予行演習みたいなものでしょうか？」

大山刑事も、首を、かしげている。

「あれで、尾行者が、いないかどうか、試してるんだろうか？」

「それにしては、お粗末《そまつ》ですよ。こちらは、尾行のプロですよ。よほど、勘《かん》の鋭い人間でなければ、われわれと一般人の、見分けがつくはずが、ありません」

「機械的に、あちこちと、移動しただけだ。ショウウインドウをのぞいて、ガラスに映る、後ろを、確かめるとか、歩く速さを、変えるとか、そんなことは、まったくしなかった」

「五人が、いっせいに動いたのですから、朝倉から、指示があったのは、たしかでしょう」

「犯罪者から、漂《ただよ》ってくる緊張感が、まるで、感じられなかった」

「警部のおっしゃるとおりです。彼らは、囮《おとり》なんでしょうか？」

「われわれを、五人に、引きつけておいて、そのあいだに、朝倉が、何かをする、ということかい？」

「そうですよ。囮だと考えれば、あんな単純な行為も、納得できます」

「いったい、朝倉は、何をしようとしているんだろう？　死期が、目前に迫っている人間が、逃亡をはかるはずもない。グエン氏に関して、何かしようと、しているのだろうか？」

十津川にも、亀井にも、これだという答えは、見つからなかった。

「カメさん、考え方を、まったく逆にしてみたら、どうなる？」

「まったく、逆の考え方でですか？」

「彼ら五人の行動が、何かを隠すための、囮ではなくて、何かを、われわれに、知らせる囮だったとしたら？」

「何を、知らせようとしているんでしょう？」

「『われわれは、動きます。気づいてくださいよ』という、メッセージだったとも、考えられるじゃないか。朝倉は、われわれが、彼ら五人を、見張っているのは、知っているはずだ。様子うかがいに、関東高速道路会社の、高城に、電話を入れれば、警察が退職者や、朝倉の周辺を、探っていることは、筒抜けになっているだろう」

「小野聡美も、毎日のように、坂田章と、連絡をとっていますから、そこからも、情報は、得ているでしょう」

「そんなときに、五人全員に、休暇をとらせている。休暇願の理由も、行き先も、全員同じだ。まるで、われわれに、不審に思ってくださいよと、いっているようなものだ」

話しているうちに、十津川は、朝倉が、手招きしているように、思われてきた。

朝倉についての、人物評では、だれもが、大胆で剛毅《ごうき》、そして磊落《らいらく》な人柄を、指摘していた。何人もの若者が、朝倉の後を追って、会社を辞めている。それだけ、魅力的な人柄なのだ。

そんな人物が、死を前にして、小細工など、するものだろうか？

十津川は、考え込んだ。

翌日も、五人の男は、早朝から、動き始めた。

前日は、五人は、別々の行動を、とった。しかし、この日は、五人全員が、新千歳空港行きの、電車に乗った。

乗っている車輛は、別々だったが、電車は、札幌を、午前八時二十五分に発車する「快速エアポート82号」だった。

定刻の午前九時一分、新千歳空港駅に、電車が到着すると、五人は、バラバラに、空港に向かった。

そして、カウンターで、搭乗券を受け取った。

互いに、見知っているはずなのに、すれ違っても、挨拶《あいさつ》も、交わさなかった。

西本、日下、三田村、北条早苗刑事ら、警視庁の刑事全員が、空港に、顔を見せていた。

佐々木警部が、物陰から出てくると、さりげなく、刑事たちに、搭乗券を、手渡していった。

昨夜、十津川と、佐々木警部は、打ち合わせておいたのである。

「明日は、本格的に、動き始めると、思います」

十津川は、佐々木警部に、そういった。そして、朝倉に、手招きされているような気がする、とも、つけ加えた。

はじめ、佐々木警部は、十津川の考えに、疑問を持っていたようだが、やがて、納得してくれた。

「分かりました。十津川警部の、お考えに、従います」

そして、この日、佐々木警部は、先回りして、新千歳空港に、向かった。

五人の予約があることを、確認すると、同じ便に、道警の刑事、そして、十津川たち、警視庁の刑事たちの予約を入れ、あらかじめ、搭乗券を、購入しておいてくれたのである。

「十津川警部の、おっしゃったとおりでした。五人は、全員、本名で、予約を入れています」

佐々木警部が、いった。

午前十時ちょうど、定刻どおりに、新千歳空港を飛び立ったＪＡＬ５０４便は、十一時四十五分、定刻より五分遅れて、羽田空港に、着陸した。

五人の男は、それぞれ、ＪＲ東京駅に、向かった。

まるで、尾行者に、付いてこいと、いっているように、彼らは、みな、ゆっくりと歩いた。

東京駅構内にある、あちこちの食堂で、バラバラに、昼食をとった五人は、午後一時半少し前に、9番線ホームに、立っていた。

ホームには、十三時三十二分発の、熱海《あたみ》行き快速アクティーが、停車しており、彼らは、バラバラに、乗り込んだ。

刑事たちも、それぞれの尾行対象を、見失わないよう、同じ車輛に、乗り込んだ。

一時間少しして、快速アクティーは、小田原《おだわら》駅に、到着した。

小田原駅で降りた五人は、改札口を出たところで、初めて合流した。そして、階段を降り、タクシー乗り場に、向かった。

タクシーが一台、客待ちをしている。

尾行している刑事たちに、緊張が、走った。後続のタクシーが、すぐに来なければ、五人を見失う恐れが、あったからだ。

ところが、五人は、タクシー乗り場の近くに、たたずんだまま、何かを、待っているようだった。

「迎えが、来るんでしょうか?」

北海道から、同行してきた、佐々木刑事が、十津川に、きいた。

「そうかもしれません。いまのうちに、あのタクシーだけでも、確保しておきたいですね」

十津川は、答えた。

やがて、ジャンボタクシーと呼ばれる、七人乗りの大型ワゴンが、予約車の表示をつけて、やってきた。

五人の前に、停まった。

しかし、五人はまだ、動かない。

しばらくすると、タクシーが二台続けて、空車でやってきた。タクシー乗り場に、三台が並んだ。

そのとき、五人の男が、動いた。

待っていた、ジャンボタクシーに、全員が、乗り込んだ。

だれも、後ろを、振り向かなかった。

ジャンボタクシーは、テールランプを、点灯させながら、大通りに、出ようとしていた。

十津川は、亀井や、佐々木警部と一緒に、客待ちをしていた、空車のタクシーに、急いで、乗り込んだ。後ろのタクシーにも、刑事たちが、乗り込んでいく。

「彼らは、われわれが、尾行できるように、空車のタクシーがたまるのを、待っていてくれたんだ」

十津川が、いった。

「尾行対象者に、尾行しやすいように、気をつかってもらうなんて、はじめてです。変な気分ですよ」

亀井が、いうと、佐々木警部も、苦笑した。同じ気持ちだったのだろう。

もっとも、ジャンボタクシーのあとを、三台のタクシーが、付いていっているのだから、気づかれないわけはないのだが。

タクシーは、国道一号線を、箱根登山電車に沿って走った。箱根板橋《いたばし》駅、風祭《かざまつり》駅、入生田《いりうだ》駅、箱根湯本《ゆもと》駅の横を通過し、やがて、曲がりくねった、箱根の急坂に、差しかかった。

さらに、十分ほど走ると、五人を乗せたジャンボタクシーは、左折して、間道《かんどう》に入った。

五百メートルほど走って、ジャンボタクシーが、停車した。

五十メートルほど手前で、十津川たちの乗ったタクシーも、停まった。

五人の男たちが、タクシーから降り立った。そのうちの一人が、ふいに、こちらを振り返り、十津川たちに、視線を投げかけてきた。ＪＲ北海道の車掌、江上由紀夫だった。

五人の男は、そのまま、高床式に木組みされた、別荘風の建物に、消えていった。

4

信号に引っかかったのか、後続のタクシーが、やや遅れて、到着した。

警視庁の刑事が六名、北海道警の刑事が五名。全員で十一名の、大所帯である。

十津川が、佐々木に申し出た。

「佐々木警部に、お願いが、あります。十分間だけ、われわれに、時間をいただけませんか？　まずは、失踪した三人の安否《あんぴ》を、確認したいのです。私と、亀井刑事が、別荘に入ります。それさえ、確認できれば、あとは、北海道警に、お任《まか》せします」

「それは、かまいませんが、お二人だけで、大丈夫ですか？」

「大丈夫です。もし、十分経っても、われわれ二人が、出て来ないときは、ウチの刑事たちを、警部の指揮下に、おいてください。われわれに、遠慮せず、突入してくださって、けっこうです」

そういって、十津川は、部下たちを、見た。みな、一様に、うなずく。

十津川は、亀井と二人、建物に、近づいていった。

木製の階段を上り、木のドアの前に立つ。落葉松《からまつ》の木目を生かした、扉だった。

すると、静かに、ドアが開かれた。

「お待ちしていました。どうぞ、お入りください」

なかから、男の声がした。江上由紀夫だった。

十津川と、亀井は、なかに入った。

入ったところは、二畳ほどの土間になっており、正面は、壁いっぱいに、素通しのガラス窓だった。

靴を揃《そろ》えて脱ぎ、家に上がった十津川と亀井は、江上のあとに続いて、木の廊下を進んだ。

格子《こうし》状のドアを開けると、江上は、二人を、手招きした。

二十畳ほどのリビングが広がっていた。部屋の隅に、ベッドが、置かれている。

そのかたわらのソファには、五十代後半くらいの男性が、座っていた。

周囲に、十人ほどの男が、立っている。ほかに、訪問治療の、医師と看護師と見られる二人が、待機していた。

十津川は、ソファの男性に、声をかけた。

「グエン大統領、ですね？」

十津川は、敬意を表す意味で、あえて「元」をつけず、「大統領」と、呼んだ。

男性は、うなずくと、ゆっくり立ち上がり、笑顔で、十津川に、近づいてきた。

「私の、わがままで、みなさんに、ご迷惑とご心配を、かけてしまいました」

そういって、グエン元大統領は、頭を下げた。

「ご無事で、何よりです。外務省から、報告を受けたときは、さまざまなケースを想定し、危惧《きぐ》しておりましたが、捜査を進めているうちに、無事で、お目にかかれるに違いないと、思っておりました」

「さすがは、日本の警視庁です。そこまで、見通されていたのですね」

グエン元大統領は、感銘《かんめい》したように、いった。

「外務省の、山野辺課長も、大変、ご心配されています。まず、外務省に、ご無事だという一報を、入れておきたいのですが、よろしいでしょうか？」

元大統領は、うなずいた。

十津川は、山野辺に、グエン元大統領の無事を伝える、電話をかけた。

山野辺は、電話の向こうで、礼をいい、いろいろききたそうにしていたが、十津川は、詳細はあとで報告するといい、とりあえず、電話を切った。

電話を切ると、十津川は、ベッドへ歩《あゆ》み寄った。

鼻孔に、酸素吸入器の、管を挿入した男性が、横たわっていた。頰《ほお》がくぼみ、顔色は、ロウソクのように青白かった。

「朝倉慶介さんですね？　警視庁捜査一課の、十津川といいます」

十津川が、いった。

「そうです。いろいろ、ご迷惑を、おかけしました」

朝倉の声は、思ったよりも、しっかりしていた。見開かれた瞳にも、力が残っている。

「北海道警からも、刑事が、来ています。こちらに、同席させていただきます」

十津川がいうと、亀井が、佐々木警部を呼びに、部屋を出て行った。

リビングには、朝倉慶介、グエン元大統領、十津川、亀井、佐々木、そして、江上由紀夫の六人が残り、ほかの男たちは、別室に移動した。

医師と、看護師は、そのまま、部屋に、残った。

日下たち、警視庁捜査一課や、北海道警の刑事たちは、タクシーのなかで、待機していた。

江上が、朝倉のベッドを、少し起こしてやった。

グエン元大統領が、話し始めた。

「『トワイライトエクスプレス』が、急停車してすぐに、ある人物が、私のいる個室のドアを、ノックしました。ミスター朝倉から、話があると、いうことでした」

「ある人物、とは？」

「私には、分かりません。若い男性では、ありましたが……」

その答えを聞いて、元大統領は、犯行グループについては、何も話す意思がないのだと、十津川は、直感した。

「その人物は、持っていたタブレットを開き、私は、スカイプで、ミスター朝倉と、話をしました。どうやら、『トワイライト』は、トレイン・ジャックされたらしい。いまそこを訪ねた人物は、ミスター朝倉の知り合いで、彼が、私を、安全な場所に誘導するので、それに従ってほしい、ということでした」

「大統領は、北海道の牧場で、銃撃されたことがおありだと、うかがいました。お疑いには、ならなかったのですか？」

「私は、ミスター朝倉の人柄を、よく知っています。何度も、会談していますから。それに、私が、大統領に復帰した場合の、国土道路網計画の、青写真が、すでに出来上がっていると、ミスター朝倉から、提案がありました。これほど、魅力的な話は、ありません。私は、ミスター朝倉のいうとおりにしました」

「本州へは、どのようなルートで？」

「『トワイライト』から降りて、車で、函館まで、行きました。私は、疲れていましたので、途中で眠ってしまい、よく覚えていませんが。そのあと、列車で、青函トンネルを、抜けました。青森に着くとすぐ、また、車に、乗り換《か》えました」

「護衛役の方は、テロ行為を、警戒されませんでしたか？」

「ミスター朝倉の、手配してくださった車は、防弾ガラス仕様になっていたので、彼も、納得してくれました。それに、もし、『トワイライト』に、私の命を狙《ねら》う者が、乗っていたとしても、その人物は、『トワイライト』から、脱出することが、できなかったのですから」

「本州に、渡ってからは？」

「高速道路を、走ってきました。私は、ほとんど、眠っていました」

「目が覚めたら、こちらに？」

「そうです」

グエン元大統領は、笑顔で、いった。

十津川は、元大統領から、事件の経緯をきき出すことを、あきらめた。

「朝倉さんとは、どんな話を、されましたか？」

「わが国は、現在、非常に不安定な政情が、続いています。私たちを支持してくださる、勢力はありますが、失政が続いたとはいえ、軍部の力も、まだまだ強いのです。加えて、最近では、イスラム勢力も、その力を伸ばしてきています。そういった政情のなかでは、鉄道網よりも、道路網の整備のほうが、優先されるべきだ、というのが、ミスター朝倉の、お考えでした」

「その理由は？」

「テロ行為によって、線路が、一カ所でも爆破されれば、鉄道網は、麻痺《まひ》してしまいます。修復したとしても、また、違う場所を爆破されてしまうでしょう」

当たり前のことだが、列車は、線路の上しか、走れない。

「今回のトレイン・ジャックでも、分かるように、鉄道網は、意外と、もろいのです。一方、道路は、爆破されたとしても、車は、道なき道を、走ることが、できます。ですから、先に、道路網を整備することで、物流ルートを確保し、経済を、活性化させる。そして、ある程度、経済が発展し、民情が、落ち着いたところで、はじめて、鉄道網の整備を、行うべきだ、ということです」

「その青写真を、朝倉さんは、大統領に、提案したのですね？」

「ミスター朝倉は、わが国の道路事情を、よくご存じです。提案は、幹線道路から、末端の道路網まで、国土全域に、及んでいました」

「そういうお話を、うかがうということは、大統領は、帰国して、政界に復帰することを、決められたのですね？」

十津川は、質問を、変えた。

「はい。私の命を、祖国の経済発展に、捧《ささ》げる決意を、新たにしました」

「京都で、待っておられる方との、期限が、迫っていますが」

「もう、極秘に、指令は、出しました。国の民主派勢力と、連絡をとって、復帰の環境づくりは、すでに、始まっています」

グエン元大統領は、自信に満ちたことばで、いった。

5

朝倉慶介への尋問《じんもん》は、おもに、佐々木警部が、行った。

「なぜ、このような事件を、起こされたのですか？」

佐々木警部の話し方は、丁寧《ていねい》で、犯人を、詰問《きつもん》するような、口調《くちょう》ではなかった。朝倉の体調を、考慮したのだろう。

「バカなことをしているとは、百も承知していました」

朝倉は、かすかに、笑った。

「鉄道が、本質的に抱《かか》えている、致命的な弱点を、グエン大統領に、実地で、証明したかったのです」

「致命的な弱点？」

「道路網を、考えてみてください。人間の身体の、血管と、同じです。大動脈、大静脈が、幹線道路に、あたります。末端の細胞に、酸素と栄養を運ぶ、毛細《もうさい》血管は、生活道路です。道路は、面状に、広がっているのです。人々の生活を支え、風土を培《つちか》うのは、道路なのです」

朝倉の頰は、やや紅潮していた。

「一方、列車は、駅にしか、停まりません。停車する場所が、決まっているのです。線路とはいっても、線路は、線ではなく、点なのです。人の乗り降りも、物資の揚《あ》げ降ろしも、点でしか、行えません。そして、線路が、五十センチ、削られただけで、鉄道の機能は、停止してしまいます」

「しかし、それぞれ、役割が、あるのではありませんか?」

「それはもちろん、分かっています。別に、鉄道を、否定しているわけでは、ありません。ただ、日本の行政に、格差があるとは、思っています。明らかに、鉄道行政重視ですから」

「たとえば、どのような点でしょう?」

「身近な例を、挙《あ》げましょう。休日の、高速道路料金は、政府の指示で、半額にされました。しかし、鉄道では、そんなことは、起こりえません。東京から博多までの、新幹線料金が、日曜に半額になるということが、ありますか? われわれは、時の政権の、人気取りの手駒《てごま》として、使われたのです」

朝倉は、激《げき》することもなく、淡々《たんたん》と、持論《じろん》を、語った。

「明治《めいじ》時代から昭和《しょうわ》時代の前半まで、鉄道は、輸送手段の王者でした。当時は、高速道路もなく、自動車も、少なかったからです。ところが、一九七〇年代に入ってから、それが、逆転しました。旧国鉄時代、組合がゼネストを決行しましたが、物流に、影響は、出ませんでした。道路網と、物資を運ぶトラックが、潤沢《じゅんたく》にあったからです」

「道路行政についてのご意見は、また、のちほど、うかがいます。グエン大統領一行が、『トワイライト』に乗車するということを、いつ、お知りになったのでしょう？極秘だったと、きいていますが」

佐々木警部が、朝倉の話を、さえぎって、事件について、きいた。

「ニュースソースは、明らかにできません。ただ、道路会社は、日常的に、警察と密接な関係にあります。警察官の、有力な天下り先であることは、ご存じでしょう？」

朝倉は、かすかに、笑った。

しかし、グエン元大統領の乗車は、警察にも、知らされていない。おそらく、政府、外務省関係に、情報提供者が、いたのだろうと、話をきいていた十津川は、思った。

「車輌代金として、一億円を、脅迫したのは、だれですか？」

「私です。別に、お金が、ほしかったわけでは、ありません。市民に、事件を、印象づけたかっただけです。成功したかどうかは、分かりませんが。引き出した五十万円は、手をつけずに、ここにあります。もちろん、JRに返却するつもりです」

江上由紀夫が、銀行の封筒を、差し出した。

「人質の身代金については？」

「そちらには、私は、関与していません。しかし、あの口座からも、五十万円が引き出されただけで、あとは手つかずのはずです」

「たしかに、そのとおりです。乗客・乗員の身代金を要求し、さらに四人を誘拐した主犯は、いったい、だれなんですか？」

「私の口からは、申し上げられません。でも、おそらくもう、だれなのか、突き止めておられるんでしょう？」

朝倉は、口元をゆるめた。

「彼も、格差社会の、被害者なんです。各人の条件に合った、働き方ができるように、との謳《うた》い文句で、労働規制が緩和《かんわ》されました。が、結局は、会社の都合で、リストラがしやすくなっただけじゃないですか。彼は、職場を失い、そのため、恋人も失った。大卒で、会社に入って三年、これから本格的に、仕事のスキルを、身につけようというときに、リストラに遭《あ》ったのです。以来、コンビニでアルバイトをしながら、再就職先を探しましたが、なかなか、見つからなかった」

「それを、訴えるために、今回の事件を起こした、と？」

「それは、本人にきいてください。ただいえることは、若者に未来のない国は、必ず、滅《ほろ》びる、ということです」

「今日、彼らを、一堂に集められた、理由は、なんですか？　私たちが、尾行しやすいように、気づかってくださったようですが？」

「一つは、グエン大統領が、無事に、日本から出国されるように、と思い、そのための護衛役です」

「ほかには？」

「お分かりのように、私にはもう、時間が残されていません。こんな私に、よく付いてきてくれました。彼らの、これからの道すじを、つけておきたかったんです」

そして、大きく息を吸うと、

「これが、彼らとの、最後のお別れです」

そういって、朝倉は、目を閉じた。

久しぶりに、たくさん話して、興奮したせいか、呼吸も、荒くなっている。

医師が、ベッドに近づき、朝倉の脈をとった。そして、佐々木警部に、尋問を中止するよう、目でうながした。

終章　さよなら「トワイライトエクスプレス」

「『大山鳴動《たいざんめいどう》して、ねずみ一匹』ですか」

亀井が、憮然《ぶぜん》として、いった。

「本当に、一匹だね」

十津川が、苦笑する。

十津川たちが、箱根山中の、朝倉の貸別荘で、グエン氏と会見した日から、一週間が経《た》っていた。

北海道警の佐々木警部は、佐久裕之を逮捕した。容疑は身代金強奪と、人質の誘拐だった。亀井がいった「ねずみ一匹」とは、佐久のことを、指している。

朝倉慶介は、病状が重く、移送できなかった。そして四日後に、貸別荘のベッドで、死去した。

朝倉は、協力者の名前を、出すことはなかった。

朝倉に、付き従っていた、四人については、犯罪に加担したことを、立証する手立てがなかった。

江上車掌は、二人組の男に、ピストルで脅された、と証言している。二人組が見つからなければ、江上が共謀したという証拠を、固めることは、できないのである。

佐久は、あっさりと、容疑を認めた。悪びれもしなかった。

「オレは『トワイライト』を狙ったんじゃない。『トワイライト』の乗客を、狙ったんだ」

それが、佐久の、いい分だった。

「世間には、一晩もかけて、ただ豪華寝台列車に、寝っころがっているだけで、一人五万円以上も出す人間がいる。じゃあ、オレはどうだ？　昼も夜もなく、コンビニで働きづめに働いて、月に十七、八万円稼《かせ》げれば、いいほうだ。身分の保障もなければ、将来、なんてものもない。『正社員募集！』の広告につられて、面接に行くと、会社お定まりのブラック企業だ。オレだって、働きたいよ。生活設計できるような、会社に入りたいよ。だけどオレには、そんな機会は巡《めぐ》ってこない」

さほど能力の違わない、同じ人間なのに、なぜ、こんなに、人生に差がつくのか⁉

リストラに遭《あ》って、職を失い、生活力のなくなった、佐久を見限って、恋人は去った。

失意のどん底で、将来への焦燥《しょうそう》に駆《か》られる、日々を送っていたころ、偶然、朝倉と再会したのだった。

その夜、朝倉は、大衆居酒屋で、佐久の愚痴《ぐち》を、きいてくれた。

それから二日ほどして、朝倉が、佐久の働くコンビニに、やって来た。

「あることを、計画しているんだが、きいてくれないか?」

朝倉の打ち明け話に、佐久は飛びついた。

経済的な援助も、してくれる、という。

一つ、条件が付いた。北海道に移住してほしいと、朝倉は、いった。

佐久の生まれ故郷は、青森だ。同じ北国なので、抵抗はなかった。

朝倉は、何度か、念押しした。

「私はいいが、君は若い。私の決行しようとしていることは、法に触《ふ》れる。殺人などの、凶悪犯罪ではないが、数年は、刑務所にも入るだろう。それでもいいのか?」

犯罪人となれば、ふつうの会社には就職できない。しかし、いまだって、就職できていないのだ。

そう開き直った。

青春の思い出に、知能的な犯罪も、いいじゃないか、といったノリだった。

気がかりなのは、会うごとに、朝倉が衰弱していくことだった。

決行直前になって、朝倉は、いってくれた。

「弁護士に、ある金額を託してある。出所後は、その金をもとにして、生計を立てていってくれ」

そこまで考えてくれていたのかと、涙が出た。

新宿や池袋《いけぶくろ》、渋谷、吉祥寺《きちじょうじ》などの、東京のネットカフェで、仲間を募《つの》った。誘拐するのに、人手が必要だった。絶対に、逮捕されないようにすると、約束した。

わざわざ、東京で、人集めしたのも、そのためだった。

思ったより簡単に、人は集まった。五人だった。彼らには、人質に危害を加えないよう、厳《きび》しくいった。そして、朝倉から預かった金を、分配した。

トレイン・ジャックは、計画どおりに、行われた。

成功したと、いえるだろう。

一身に、刑罰を引き受けることにしていた佐久は、口をつぐんだ。

裁判官の、心証を悪くして、刑が重くなるかもしれなかったが、かまわない、と思った。

佐々木警部は、いった。

「おまえが犯したことは、凶悪犯罪だし、反社会的で、許すことはできない。おまえの選択した道は、間違っている。もっとほかの方法があったはずだ。おまえは、それを考えるのを、怠《なま》けたんだ」

だが、こうも、いった。

「ただな、おまえの潔《いさぎよ》さだけは、認めてやる。だれ一人として、道連れにしなかった。黙り通した。おまえも、漢《おとこ》なんだと思う。社会復帰するときも、そのおまえのいいところを、忘れるんじゃないぞ」

寝台特急「トワイライトエクスプレス」は、二〇一五年の三月に、廃止されることになった。

一九八九年の七月から、運転開始されたのだから、二十六年間、運行された。

続いて、ブルートレインの廃止も、決まった。

ブルートレインは、その名のとおり、青の寝台列車である。初代が、一九五八年の「あさかぜ」で、二〇一五年の「北斗星」で、幕を閉じる。こちらは半世紀以上、運行された。

「鉄道ファンにとっては、さびしい春になりましたね」

亀井が、いった。

「北海道にも、新幹線が走るらしいね。速《はや》いって、悪いことじゃないと思う。しかし、速さを手に入れて、そこにゆとりが生まれるか、といったら、そうでもない。ものごとが速くなって、時間に隙間《すきま》ができると、もっと何かを詰め込もうとする。それでは、ストレスが増すばかりだよ」

「あれ？　三上本部長のことですか？」

亀井が、おどけたように、いった。

「いやだねえ、カメさんは。そんなこと、いってないでしょ」

「警部の目、笑ってますよ。口元だって……。図星《ずぼし》だったんですか？」

亀井が、十津川の顔を、のぞき込んできた。

目と目が合って、二人は同時に、ふき出した。

「それにしても、朝倉慶介という人物、犯罪は許せないですけど、見事な幕引きをしました」

「自分たちのグループからは、だれ一人、逮捕者は出さなかった」

「佐々木警部は、あくまでも、真相究明のため、捜査を続行すると、いっていましたが」

「朝倉が、墓のなかに、持ち込んだものが、多すぎるよ」

「朝倉が、高速道路会社の社長になっていたら、彼の人生の結末は、違っていたでしょうか？」

「さあ、どうだろう。順風満帆《じゅんぷうまんぱん》とは、いかなかったんじゃないかな。社長となって、直面するのは、政治の世界だから」

「政治とうまく絡《から》み合った例が、R国の道路網計画、ということです」

「自分の理想とする、青写真を描いたんだ、この世への、置き土産《みやげ》としてね」

朝倉は、花道を飾《かざ》って、旅立ったのだと、十津川は、思った。

本書は、徳間書店より二〇一五年三月新書判で、一六年十一月文庫判で刊行されました。作品に使われている時刻表など、鉄道の状況は刊行当時のものです。

なお、本作品はフィクションであり、実在の個人・団体などとは一切関係がありません。

一〇〇字書評

消えたトワイライトエクスプレス

切・り・取・り・線

購買動機（新聞、雑誌名を記入するか、あるいは○をつけてください）	
□（　　　　　　　　　）の広告を見て	
□（　　　　　　　　　）の書評を見て	
□ 知人のすすめで	□ タイトルに惹かれて
□ カバーが良かったから	□ 内容が面白そうだから
□ 好きな作家だから	□ 好きな分野の本だから

・最近、最も感銘を受けた作品名をお書き下さい

・あなたのお好きな作家名をお書き下さい

・その他、ご要望がありましたらお書き下さい

住所	〒				
氏名		職業		年齢	
Eメール	※携帯には配信できません		新刊情報等のメール配信を 希望する・しない		

この本の感想を、編集部までお寄せいただけたらありがたく存じます。今後の企画の参考にさせていただきます。Eメールでも結構です。

いただいた「一〇〇字書評」は、新聞・雑誌等に紹介させていただくことがあります。その場合はお礼として特製図書カードを差し上げます。

前ページの原稿用紙に書評をお書きの上、切り取り、左記までお送り下さい。宛先の住所は不要です。

なお、ご記入いただいたお名前、ご住所等は、書評紹介の事前了解、謝礼のお届けのためだけに利用し、そのほかの目的のために利用することはありません。

〒一〇一-八七〇一
祥伝社文庫編集長　清水寿明
電話　〇三（三二六五）二〇八〇

祥伝社ホームページの「ブックレビュー」からも、書き込めます。
www.shodensha.co.jp/bookreview

祥伝社文庫

消《き》えたトワイライトエクスプレス

令和 4 年 6 月 20 日　初版第 1 刷発行

著　者　西村《にしむら》京太郎《きようたろう》
発行者　辻　浩明
発行所　祥伝社《しようでんしや》
東京都千代田区神田神保町 3-3
〒 101-8701
電話　03（3265）2081（販売部）
電話　03（3265）2080（編集部）
電話　03（3265）3622（業務部）
www.shodensha.co.jp

印刷所　堀内印刷
製本所　ナショナル製本
カバーフォーマットデザイン　芥 陽子

Printed in Japan ©2022, Kyōtarō Nishimura ISBN978-4-396-34811-3 C0193

祥伝社文庫の好評既刊

祥伝社文庫の好評既刊

西村京太郎

十津川警部シリーズ
古都千年の殺人

京都市長に届いた景観改善要求の脅迫状――京人形に仕込まれた牙!? 十津川警部、無差別爆破予告犯を追え!

西村京太郎

十津川警部 予土《ローカル》線に殺意が走る

新幹線そっくりの列車、〝ホビートレイン〟が死を招く! 宇和島の闘牛と海外の闘牛士を戦わせる男の闇とは?

西村京太郎

十津川警部シリーズ
北陸新幹線ダブルの日

新幹線と特攻と殺人と――幻の軍用機、大戦末期の極秘作戦…。誰が開通の功労者を殺した? 十津川、闇を追う!

西村京太郎

十津川と三人の男たち

〈四国=東京駒沢=軽井沢〉特急列車の事故と連続殺人を結ぶ鍵とは? 十津川は事件の意外な仕掛けを見破った。

西村京太郎

十津川警部 長崎 路面電車と坂本龍馬

日本初の鉄道!? グラバーのSLはなぜ消えた? 歴史修正論争の闇にひそむ犯人の黒い野望に十津川が迫った!

西村京太郎

高山本線の昼と夜

画家はなぜ殺された? 消えた大作と特急「ワイドビューひだ」の謎! 十津川、美術ビジネスの闇に真相を追う!